ちくま学芸文庫

算法少女

遠藤寛子

はじめに

『算法少女《さんぽうしょうじょ》』――これは、わたしがつけた題ではありません。いまから二百年ほどむかし、じっさいに江戸《えど》で出版された算法（数学）の本の題なのです。

この愛らしい題をもつ本の作者が、いったいだれなのか、長いあいだはっきりしませんでした。ようやく昭和のはじめになって、三上義夫《よしお》氏の研究で、千葉桃三《とうぞう》という医師らしいこと、あき（章子）という娘《むすめ》が、父をてつだったのではないか、ということにおちつきました。

けれども、この本については、なお多くの部分がなぞとして残されています。

「たらちを　過《すぎ》にしころ　ものがたりしたまひけるは――」

あきが書いたとされる『算法少女』のまえがきをくりかえし読み、内容を細かく調べていくうちに、古い織物の消えかかった絵模様を、似合いの色糸でうずめていくように、いつかわたしの心のなかに、『算法少女』をめぐるひとつの物語がそだっていきました。『算法少女』の背景になっている安永という時代は、江戸時代もなかばを過ぎて、武士より一段ひくいとみられていた町や村の人の間に、おさえようもない学問や知識への情熱がもえあがってきたときでした。算法の本も、日本じゅうの町や村でよまれました。『算法少女』――数学を学ぶ少女という本が、町の人の手で出版される時代ではあったのです。しかし、そうはいっても、町や村には九九《くく》さえ習わずに育つ子もたくさんいました。そしてその一方では、この日本古来の数学――和算《わさん》――は、当時すでにきわめて高い水準に達していながら、真の学問として成長せず、せまい考えのなかにとじこもっていたため、ついに西洋の数学におくれをとることになったのでした。

この本をよまれたみなさんが、将来どの方面に進まれるにせよ、ひらかれた、ひろい心こそ、学問や世の中の進歩につながることを忘れないでいてほしいとおもいます。

この本に登場する人物には、実在の人にまじって、わたしの心の中で生まれた人もかなりいます。でも、だれがどちらか、などとは申しあげないでおきましょう。このうちのいく人かに、どこかの本の中で思いがけず再会されることがきっとあるでしょう。それが読書の楽しみのひとつだとおもいます。

なお、この本を書くにあたって、多くのかたのお力ぞえを得ました。

何よりも、数学史の権威《けんい》でいられる大矢真一氏から、貴重なご助言とお励《はげ》ましをいただいたことは、大きな支えになりました。今日では目にふれがたい算木《さんぎ》その他算法用具の実さいについては、藤井《ふじい》長雄《ながお》氏にお教えを乞《こ》いました。そのほか、先学の研究は数多く参考にさせていただきましたが、最近の研究では、平山諦《あきら》氏、下平和夫《しもだいらかずお》氏の著書に、たびたび教えられました。また、東京理科大学図書館ではとくに蔵書の閲覧《えつらん》をお許しいただきました。それから、この作品は都立北養護学校時代に大部分書きあげましたので、同校の同僚《どうりょう》には、篠博久《しのひろひさ》氏はじめ、ことに理数科のみなさんにいろいろお世話になりました。久留米藩《くるめはん》の事情については、三田村鳶魚《えんぎょ》氏、波多野皖三《けんぞう》氏の著書に、素外《そがい》と写楽《しゃらく》の関係については酒井藤吉氏の説に、多くを得させていただきました。そして、長いあいだ何かと励ましてくださった児童文学者の来栖《くるす》良夫氏と、岩崎《いわさき》書店の豊田匡介《まさゆき》氏、さし絵をかいてくださった箕田源二郎《みたげんじろう》氏——みなさまにあつくおん礼申しあげます。

最後に、わたくしごとになりますが、この本には父の思い出がからんでおります。父は無名の一学究で終わりましたが、江戸時代に出版された科学書を集めるのを楽しみのひとつとしていました。『算法少女』の名も、幼いわたしが父の机のそばで遊んでいるとき、なにげない父の話のなかで聞いたのが最初でした。

それから三十年以上の歳月《さいげつ》が流れました。なき父に、この本をささげたいとおもいます。

一九七三年　夏

遠藤寛子《えんどうひろこ》

もくじ

一《いち》十《じゅう》百《ひゃく》千《せん》万《まん》億《おく》兆《ちょう》京《けい》
垓《がい》秭《じょ》穣《じょう》溝《こう》澗《かん》正《せい》載《さい》極《ごく》

はじめに 3
花御《はなみ》堂《どう》 15
壺中《こちゅう》の天《てん》 38
手まりうた 59
九九《くく》をしらぬ子 83
雨の日 95
縁台《えんだい》ばなし 116
わざくらべ 141

まね　166
オランダの本　182
わたしの本　201
決心　216
あたらしい道　230
江戸《えど》だより　247
ちくま学芸文庫版あとがき　255

装画・挿絵　箕田源二郎

▼おもな人たち

千葉桃三《とうぞう》　江戸《えど》神田《かんだ》 銀町《しろがねちょう》に住む、大坂（大阪《おおさか》）生まれの医師。世事にうとく、算法《さんぽう》（数学）を趣味《しゅみ》としている。

千葉あき　その娘《むすめ》。父の指導で少女ながら算法にすぐれる。そのため、大名の有《あり》馬家《まけ》から、姫君《ひめぎみ》たちに教えてほしいといわれるが、思わぬことで話が進まなくなる。

谷　素外《そがい》　一陽井《いちようせい》という号ももつ、当時江戸で有名な俳人。桃三の幼なじみで、世話ずきの人がらから、桃三一家のため、なにかと心配してくれる。

有馬《ありま》頼徸《よりゆき》　九州の久留米《くるめ》藩主《はんしゅ》。大名ながら、日本でも指折りの算法家である。

藤田《ふじた》貞資《さだすけ》　有馬頼徸に仕える算法家。すぐれた学者であるが、町そだちで大坂の算法を学んだあきが、名をあげることを、快く思っていない。

鈴木彦助《すずきひこすけ》　山形出身の算法家。のちに、会田安明《あいだやすあき》として有名になる。あきに好意をもっている。

本多利明《ほんだとしあき》　日本の算法のありかたを心配している、新しい考えをもった算法家。

万　作《まんさく》　馬喰町《ばくろちょう》の木賃宿に祖父、妹ととまっている、算法ずきの少年。何かわけありげである。

けい・千代《ちよ》　あきの遊び友だち。

中根宇多《うた》　あきの算法の競争相手。武家の娘。

山田多門《たもん》　みずからは西国浪人《さいごくろうにん》という。が、正体は不明。あきが子どもたちに算法を教えるのを熱心にてつだってくれる。

木賃宿の松葉屋に泊《と》まっている子のため、その一室をつかってあきがひらいた算法塾は、やがて町内の評判になった。町内からもまい日のように新入りをたのむ子がつづいた。

算法少女

花《はな》御《み》堂《どう》

(1)

ぼたん、しゃくやく、ふじ、あやめ――花御堂のやねは、色とりどりの季節の花でうずまっていた。その花ばなからまきちらされる、あまいかおりで、観音さまのひろい境《けい》内《だい》は、いつもとはまたちがうはなやかな雰囲気《ふんいき》につつまれていた。

旧暦《きゅうれき》の四月は、もうさわやかな初夏である。きょうは四月八日――江戸《えど》浅草の観音さまは、ふだんでも参詣《さんけい》の人がたえないが、この日はお釈迦《しゃか》さまの誕生をいわう灌仏会《かんぶつえ》の儀式《ぎしき》がある。そのうえ、朝からあかるく晴れわたったよい天気にめぐまれ、昼さがりには、人いきれで、じっとり汗《あせ》ばむほどのにぎわいになった。

「おあきちゃん、はやく……」

「おけいちゃんは、どこよ」

「こっちよ、お千代ちゃん。おみつも手をはなしてはだめよ」

日本橋ちかくの寺子屋にかよっている女の子たちが数人、きょうは早じまいになったのをさいわい、おまいりにきたところだった。

「両国の回向院《えこういん》はたいへんだというけど、こっちの人出もまけないわね。さすがは観音さまねえ」

子どもたちのことばをききつけて、そばのはんてんすがたのいなせな若ものがわらっていった。

「おめえたち、こういいなおすがいいや。さすがは花のお江戸だねってさあ」

――安永という年号になって四年めである。江戸のおおかたを焼きつくした明和九年（一七七二年）の行人坂《ぎょうにんざか》の大火のあと、世の中がやすらかに永くつづくようにとの願いをこめて、「安永」と年号がさだめられた。むかしは、こうした世の変事のたびに、年号がかわったりした。

年号がかわっても、大火前からの物価高はあいかわらずで、人びとのくらしむきは、いっこうにあらたまらない。しかし、いま、こうしてみわたすと、人びとの身なりのきらびやかなこと――内側はどうであれ、みたところは、どこまでも、いまをさかりの江戸の町であった。

「ともかく、さきに御本堂《ごほんどう》におまいりしましょうよ」

十から十二、三の年ごろの子がそろっている中で、いちばん年かさの十四であり、しっかりものでもあるので、なにかというとたよりにされるおけいが、さきに立ってあるきだした。ほかの子たちもあとにつづいた。

御本尊は、一寸八分の金の仏さまというのに、なんと御本堂の大きいことだろう。明和の大火のほのおも、ここまではおよばなかった。さすがは霊験《れいけん》のあらたかさで、それでよけいりっぱにみえた。

子どもならなん十人も中にはいれそうな、大きな赤い提灯《ちょうちん》の下をくぐって、人の背なかのうしろからお賽銭《さいせん》をあげ、むにゃむにゃとおいのりをすませると、子どもたちはほっとした。

そして、お堂をおりようとしたときだった。

「ええ、どいた、どいた」

寺の奉公人《ほうこうにん》たちが数人、なにやら大きな板をかついで、廻廊《かいろう》へでてきた。

「絵馬《えま》だよ」

「だれかが絵馬を奉納したんだ」

人びとは口ぐちにいいあって、どんな絵馬があがったのか、のぞきみようとひしめきあった。

絵馬とは、なにか願いごとがあったときとか、または願いごとをして、それがかなえられたときなどに、お礼の意味をこめて神社やお寺におさめる絵の額である。

「絵馬」という名のいわれについては、いろいろといわれている。もともとはほんものの馬を納めたものが、のちには馬のかわりに馬の絵を、やがては馬の絵とかぎらず、ねがいごとに関係のある絵をかかせて納めるようになったが、むかしの名ごりで「絵馬」の名がのこったともいわれる。しかし、はっきりしたことはよくわからない。

こうしたいわれはともかく、御本堂のまわりには、これまで納められた大小さまざま

の絵馬が、ずらりとかけならべてあった。

大きな船の絵は、船主が持ち船の安全をいのったものや、船のりがしけで難破しかけてあやうく生きのびたお礼のものだったし、ほうきをもったじじ、ばばの絵は、「高砂《たかさご》」という題で、夫婦《ふうふ》が長生きのお礼にあげたものだった。

こんどのはどんな絵馬だろう。——人びとは好奇心《こうきしん》にみちた目でのぞきこんでいた。

しかし、見物人は、すぐに失望した表情にかわった。

「なんだ、つまらない」

「算額《さんがく》だよ。おれたちにゃ、ちんぷんかんぷんさ」

「かえろう、かえろう」

しかし、おけいたちは、

「算額だって？」

と、たのしそうな声をあげた。

「おあきちゃん、算額だってさ」

「ねえ、こんなへんてこな絵でも、おあきちゃんにわかるの。あたいたちにおしえて」

子どもたちは、仲間のうしろにたった「あき」とよばれる少女を、まえへおしだした。

「さあ、わたしに解ける問題かしら」

あきは目をかがやかして、いまお堂の高いところへかかげられようとしている算額を、じいっと見つめた。

あきはことし十三になる。ほかの子どもたちのように寺子屋がよいはしていないが、近所の遊び仲間のおけいにさそわれて、いっしょにおまいりにきたところだった。みんなといっしょにはしゃいでいるときは、とりたてていうところもない女の子だが、こうして算額をみつめると、きゅうにおとなびてみえた。

算額とよばれるその絵馬には、ありきたりの絵はかかれていない。半円形の中に、直角三角形と二個の小円がえがいてある。きちんとした形がととのっていて、器具を用いてえがいたにちがいない。図の横に、漢文で問いと答えが書きこんであった。

姉のけいにまつわりついていた、ひとりだけちびっ子のみつは、まだ七つだけに、なにもわからず、

「おあきちゃん、これなんなの。なんの絵？」

と、しきりに横あいから問いかけた。

「これはね、算額といって、算法《さんぽう》の問題なの。算法の勉強をしている人が、観音さまのおかげで、こんなむずかしい問題がつくれるようになりましたって、お礼の意味で、じぶんのかんがえた問題を、観音さまにみていただくのよ」

あきは、めんどうがらず、親切におしえてやった。

「算法の勉強なの？　そんなら、おあきちゃんのやってる勉強だね。おあきちゃん、こんなむずかしい勉強してるの。うわあ、えらいんだなあ」

おさない子は、むじゃきに大声をあげた。

算法とは、今日でいう算数、数学のことである。

「いやよ、おみっちゃん。はずかしいわ」

あきは、みつをたしなめて、なおも問題をみつめていたが、説明文のある箇所《かしょ》に、しきりに首をかしげた。なんども読みなおしたが、やはりなっとくできないあきは、

「どうもへんだわ」

と、つい声になった。

「なにがへんなのさ」

そばからけいがききとがめた。

「あのね、どうもこの答えがまちがっているようなんだけど」

あきはまわりに遠慮《えんりょ》して、小さな声でいったのだが、耳ざといみつはすぐ聞きこんで、

「わあい、これ、まちがってるんだって。なにかまちがえたんだって」

と、また大声をだしてしまった。

「おみつちゃん、やめなさい」

「おみつ、おだまり」

あきとけいが、あわててとめたが、もうまにあわなかった。

(2)

「これ、子ども、子どもだからといって、いいかげんなことを申すでないぞ」

みつの左手を、ひとりの侍《さむらい》がぎゅっとつかんだ。

その侍には、あきもさっきから気づいていた。あきが算額の問題を読んでいるのを、

横あいからうさんくさそうにみつめていた四人づれがあったが、そのひとりだった。

四人のうち、年若なふたりの少年は、かなりの身分の武士の子たちであろう、みつをにらんだ小侍と、もうひとり若党が供をしていた。

少年たちはふたりとも十五、六だが、どうやらこの算額にかかわりがあるらしい。いかにもわがままいっぱいに育ったらしい侍の子の相手になるのは困ったことだとおもいながら、あきはいそいで前へでた。

「申しわけございません。この子にわる気があったのではなく、ただ、わたくしの口まねをしただけなのですから、どうぞおゆるしくださいませ」

「――そうか」

供の小侍も、ほんとうはあきに目をつけていたらしい。みつの手をはなしていった。

「では、こちらにきこう。この算額の答えのどこがまちがっているというのか」

「わたくしの思いちがいのようでございます。うかつなことを申しました。なにとぞおゆるしくださいませ」

人だかりの場ではあるし、友だちもいる。この場はあやまっておくほうが、さわぎを大きくしないですむと、とっさにあきは判断した。

「ふむ」

供の小侍はちょっと気ぬけしたように、そばの少年のひとりをふりかえった。

「若さま、こう申しておりますが、いかがいたしましょう」

「いいや」

ふたりの中でも、とくべつ顔の青白い、かんのつよそうな少年がひややかにいった。

「その町娘《まちむすめ》は、心の中ではわしの算額がまちがっていると思っている。旗本の子弟《してい》の算額を、町の娘ふぜいにとやかくいわれるのは心外である。算額に、あれこれ口をだす以上は、だれかについて算法をならっているはずだ、そうだろう、平左《へいざ》。どこが悪いというのか、たしかめるのもおもしろいぞ」

そうして、そばの友だちをふりかえった。

「青山、そうはおもわないか」

みるからに生意気そうな青山という少年は、

「水野、貴公のいうとおりだ。町の娘のくせに、算法に口をだすというなら、それだけのおぼえはあるはずだ」

と、あおるようにいった。

供の平左衛門《へいざえもん》は、まわりの人が足をとめる気配に、かえって気をよくしたらしい。若い主人のいいつけに、

「どこがまちがっているのか。はよういえ」

と、おとなげなく、あきにつめよってきた。

(相手がわるい)

と、あきはおもった。なんといっても、一行は身分ちがいの侍である。みんなにめいわくがかかり、親たちをこまらすようなことにもなりかねない。あきは、ひたすら頭をさげた。

「ほんとに思いちがいのようでございます。おゆるしくださいまし」

「そうだろうな。これがまちがいというなら、関流《せきりゅう》の宗統《そうとう》の藤田《ふじた》貞資《さだすけ》先生の算法をそしるようなものだからな。その水野三之介《さんのすけ》は、藤田先生直門《じきもん》の弟子《でし》なのだ」

青山という少年は、むしろむらがった人びとにきこえよがしにいった。

「まあ、藤田《ふじた》貞資《さだすけ》先生の……」

と、ついひとりごとをつぶやくのを、水野少年が小耳にはさんだらしい。

「藤田先生をぞんじあげているのか」

水野三之介《さんのすけ》は、はじめてこの町の小娘をみつめた。

「算法を学んでいるものでしたら、藤田先生のお名は、だれでもぞんじあげております」

「ふん」

三之介は、満足そうにうなずき、すぐさま、居丈高《いたけだか》に肩をそびやかした。

「娘、おまえはだれについている」

「父から習っております。父は千葉桃三《とうぞう》と申します。神田銀町《かんだしろがねちょう》にすむ町医者で、流派は何流ともぞんじません。ただ、わかいとき上方《かみがた》（関西）で習いおぼえたと申しておりました」

「なんだ、上方の算法か」

三之介は、わらい声をあげた。

「上方の町人算法なら、せいぜいそろばんをはじいて、損をした、得をした、といっておればよいものを、いらぬ口出しをするから、恥《はじ》をかくのだ。気のどくだが、これも、おまえの心がけからでたことだ。わしは、おまえの口から、まちがいはここと、はっきりきくまでかえらぬ」

「お武家さま、おことばをかえすようでございますが……」

あきも、少女ながら、父の学んできた算法を、このようにいやしめられては、がまんできなかった。

「上方の算法は、そのようなものではありません。おことばが過ぎるとおもいます」

「だから、それなら、まちがいをいえというのだ」

「はい、申しあげましょう」

あきは、たしかに、この答えはまちがいだとおもう。あきは、もういちど、算額の問題をよみなおした。

「今、半円ノ内ニ、図ノ如《ごと》キ勾股形《こうこけい》（直角三角形）ト二円アリ……」

それは、半円に直角三角形を内接《ないせつ》させ、この直角三角形の内接円と、弓形内《きゅうけいない》にえがい

た最大の円があいひとしいときの外接《がいせつ》円と小円の半径の関係を問う問題である。三之《さんの》介《すけ》は小円の半径を四寸として、外接円の半径を一尺二寸という答えをだしていた。

あきは、この問題をまえに父からだされて解いていた。そして、このばあい、小円の半径の十三倍が、外接円の半径の四倍にひとしいという関係がなりたつことをたしかめている。

小円の半径が四寸ならば、外接円の半径は、一尺三寸でなければならない。三之介のだした答え——一尺二寸は、あきらかにまちがいである。

あきはそれを、小声ながら、はっきりとし

たことばで説明した。

「なに？」

三之介は、はじめ、冷たくわらって、あきのことばをきいていたが、とちゅうから顔が青ざめてきた。

三之介も、算額をあげるほどの自信のもちぬしであった。その学力はかなりの水準に達しているので、あきの指摘《してき》に、じぶんのまちがいをすぐ気づいたらしい。くちびるをかみしめて、問題をにらみつけていた。

青山が、おどろいてささやいた。

「水野、まさかあの娘のいうことが正しいのではないだろうな」

「いやあ、それが、どうもおかしいのだ。いや、どうもよくわからなくなってきた。頭痛がする。平左《へいざ》、この額は当分かかげないように、寺にいっておいてくれ。あとはたのむぞ。青山、ゆこう」

そそくさと、人ごみの中へまぎれいった。

算額をあげる目的は、おもてむき、勉学の成果のあがったことを神仏に感謝し、その

気もちをあらわすということになっているが、ほんとうの目あては、人の大ぜいあつまる場所で、じぶんの学力を発表し、誇示《こじ》することだった。それが、かえってうらめにでてしまった。大声でかさにかかったいいかたをしたのが、いまとなってはかえってはずかしいことになってしまった。

人ごみは、ざわめいた。

「おや、まあ、あのお武家の若さまの負けらしいですよ」

「それにしても、町の小娘がねえ。よくやりましたねえ」

「てえしたもんじゃねえか。小気味がいいぜ」

しかし、あきははずかしかった。女の子のくせに、ですぎたことを、といわれそうで、はやくこの場から逃《に》げだしたかった。

「花御堂へゆきましょう、おけいちゃん」

「うん、いくけどさあ。——おあきちゃん、ほんとにえらいんだねえ。ああ、このあたりがすっとした」

けいは、友だちのてがらを、じぶんのことのようにほこらしく感じて、胸をたたいた。

「おあきちゃん、ほんとにえらいね」

と、みつも、姉のあとについて、大声をあげた。

「もうやめてよ。ねえ、きょうのこと、みんな、だれにもないしょにしといてよ、ねえ」

「そりゃ、ないしょにしようというんなら、そうするけどさあ、なんだか、もったいないみたい。ねえ、千代ちゃん」

「そうさ。なんでしゃべっちゃいけないのかねえ」

仲間たちは、あきの心をはかりかねて、首をかしげていた。

人なみにおされて花御堂の正面にでると、中に一尺ほどのあどけないお釈迦さまの像が、天上天下を指さして立っていらっしゃる。お釈迦さまのお生まれのとき、天から降りそそいだという、あまい雨にちなんで、参拝者は小さいひしゃくで甘茶《あまちゃ》をくみ、お像にかけてさしあげる。ついでに、そのしずくをじぶんにかけながら願いごとをすると、それがかなえられるというのが、むかしからのいいつたえであった。けいも、千代も、なんのねがいごとやら、一心に、小さい声で祈《いの》りながら、甘茶のしずくで手や顔をぬぐった。

あきも、

(算法が、もっと、もっと上達しますように)

と念じていると、そのうしろから、

「もし、お女中。千葉どのとかいわれましたな」

東北なまりのつよい、ひどく四角ばったことばがとびだした。

お女中――婦人に対してよびかける、これは正式のことばである。あきは、まだこんなよびかたをされたことがないので、びっくりした。

「はい、わたくしは千葉あきと申しますが……」

答えながら、ふりかえると、若い武士がたっている。――もしや、さきほどの水野三《さん》之《の》介《すけ》とかいう旗本のしりあいで、しかえしでもする気かと、どきりとしたが、どうもそうではないらしい。どこまでもていねいに、

「まことにおみごとな腕《うで》まえ、ただただ感心いたした。いや、申しおくれたが、当方、公儀《こうぎ》直参《じきさん》、普請方《ふしんかた》の鈴木《すずき》彦助《ひこすけ》と申す。多少算法に心得もあり、以後お見知りおかれよ」

安永の時代にしても、これはたいへん古風なあいさつだった。千代など、そばでくすくすわらってしまった。しかし、あきはわらうどころではなかった。

「おそれいります。こちらこそよろしくおねがい申しあげます」

と頭をさげる。

「じつはでござる。先刻の、水野三之介と申した若ものとは、算法の友人を通じて、多少面識のある仲でござるが、日ごろから、関流直門《じきもん》を鼻にかけ、虫のすかぬ若ものでし

てな。このたびのことが薬になればとぞんずるが、あの若もののこと、なにを考えぬでもありませんぞ。じゅうぶん気をつけられるがよろしかろう。およばずながらお力になりますぞ」

「えっ」

──なんだか、こわいはなしになってきた。

「では、ごめん。いずれ後日に、また」

「あ、もしもし」

もっとくわしくききたかったが、鈴木《すずき》彦助《ひこすけ》という武士は、くるりと背中をむけてたちさっていった。

「お直参のくせに、奥州《おうしゅう》なまりなんて、へんねえ」

「それに、ずいぶん古風なことば……。おかしなお武家さま」

あきの友だちは、むやみとおかしがったが、あきは首をふって、

「きっと、なにかのわけがあるのよ。奥州そだちのかたかもしれないわ。それで江戸のことばをごぞんじないのよ。わるいかたではないわ。わらってはいけないわ」

それよりも、彦助のいいのこしたことばのほうが、よっぽど気がかりだった。

(なにか、わるいことがおこって、父にめいわくのかかるようなことがなければいいが……)

壺中《こちゅう》の天《てん》

(1)

横丁の中ほどの、小さなしもたやに、やはり小さい、めだたぬ看板がかけてあった。

本道幼科《ほんどうようか》　壺中隠者《こちゅうのいんじゃ》　千葉桃三《とうぞう》

そこが、あきの家だった。父の桃三は、内科と小児科《しょうにか》の町医者なのである。

日本橋にちかい表通りは、十間間口の大店《おおだな》が、先年の大火のあとものこさぬほど、みごとにたてかえられて、にぎやかさを競《きそ》っているが、横丁へはいれば、白壁町《しらかべちょう》、大工町、ろうそく町と、職人や日傭《ひやと》いのすむつつましい家なみがつづき、まだ仮小屋のままのすまいもすくなくない。

このあたりを銀町《しろがねちょう》という。名のとおり金銀細工職の長家がおおいが、露地《ろじ》の入り口には「手相見ます」「尺八教えます」などという看板もちらばっている。

そのなかで、あきの家は、畳《たたみ》じきにして十二畳《じょう》ほどの、おせじにもりっぱとはいえない借家だった。

あきは、表戸に手をかけて、中へはいろうとして足をとめた。

「――そんなことといわれたって、こっちはもう、ふた月もおまちしているんですからねえ。ここらで、ぜひ一ツはいれていただかなくっちゃ、かえれませんやね」

聞きおぼえのある声は、この家の差配の、米屋の番頭らしい。

(ああ、家賃がたまっているんだわ)

あきは、とまどっていた。

「すみませんけど、もうしばらく……」

と、母がしきりにわびをいれている。

あきはふしぎにおもった。せんだって、父は表通りの大店のご隠居の治療《ちりょう》をして、薬礼もたくさんとどいたはずだった。

「それじゃ、ほんとにちかいうちですぜ。きっとですよ」

いちだんと声をあらくして、番頭はでてきた。あきは、あわてて天水桶《てんすいおけ》のかげにかくれ、催促人《さいそくにん》のすがたがみえなくなってから、しのびこむようにして家の中へはいった。

母は、生薬《きぐすり》をくだくやげんをそばへおいたまま、考えこんでいた。

「ただいま。米屋の番頭さんがきていましたね」

「ああ、道であったのかい」

「いいえ、はなし声がきこえたので、中へはいれなかったんです。萬屋《よろずや》さんからとどいたお金は、もうなくなってしまったのですか」

「あれねえ。おとうさんが算法《さんぽう》の本を買っておしまいなすったのよ。四日市の古本屋で、めずらしいのがみつかったからとかいわれて……。きょうは、きょうで、馬喰町《ばくろちょう》の松葉屋からおむかえがくると、いそいで出ていかれるし。旅のおとしよりが熱をだしてくるしんでいるという話だったんだけど、どうせお礼はあてにならないしねえ」

松葉屋は、貧しい人の泊《と》まる木賃宿だった。

父の桃三《とうぞう》は、そこで病人がでると、いつも親切にみてやっていた。

「おとうさんも、もうすこし、くらしのことを考えてくださらないと、わたしたちがこまるばかりだよ、ねえ」

母の多津《たづ》は、ぐちっぽい女になってしまっていた。

あきは、父をりっぱな人だとおもう。しかし、母の苦労をみるのもつらかった。そうはいっても、いまのあきの力では、どうすることもできないのである。

「観音さまは、にぎやかだったかえ」

母は、気をかえるようにいった。

「ええ、とても……。おかあさんもいらっしゃれば」

「とんでもない。わたしは貧乏《びんぼう》ひまなしだよ。なにかおもしろい見世物でもあったかえ」

「………」

算額《さんがく》のことはないしょにしてと、友だちにもたのんでおいた。両親にいらない心配はかけたくなかった。

あきは、そのまま小部屋へはいって算法の勉強をはじめた。父からわたされた問題を、一閑張《いっかんばり》の机にひろげて、ひざをつき、考えこむ。

「――図のごとく、五角平田の内に小池あり」

それは、五角形の中心にある円形の面積を問う問題であった。

父の桃三《とうぞう》は、あきを寺子屋にかよわさず、じぶんで勉強をみてやっているうち、娘《むすめ》が算法《さんぽう》にめだった進歩をみせるのに気づくと、このごろでは、むしろ教える親が熱心になった。つぎつぎとあたらしい問題をだしてきた。

この問題も、

「その解きかたについては、天元術《てんげんじゅつ》のほかに、そろばんでも解くこと」

と、条件がついていた。桃三は、やがて、あきが、人に算法を教えるときのことを考えているらしい。

天元術とは、いまでいえば、代数の方程式をたてるやりかたで、それを算木《さんぎ》という計算器をつかって答えをだしていくのである。

あきは、まず天元術で解くことにし、算木の箱をもちだした。

箱の中には、六センチほどの、黒と赤の細長い棒がたくさんはいっている。これが算

木である。赤はプラスを、黒はマイナスをあらわし、算盤《さんばん》のたて、横のます目の上に、約束にしたがってならべて計算していく。これを使うとそろばんとちがって、マイナスをあらわすことができる。

　夢中になって算木をうごかしていると、母がはいってきた。

「あき、お客さまだよ。谷さまだよ。おや、また算木なんかいじって……」

たずねてきた谷素外《そがい》は、父のおさないときからの友人だった。坊《ぼう》さんのように頭をまるめているのは、素外が俳句の宗匠《そうしょう》だからである。

「おとうさんは、お見舞《みま》い（往診《おうしん》）で出か

けられたそうだね。ちょっとまたせてもらいますよ。はい、おあきちゃん、おみやげだ」

りっぱな杉折《すぎおり》のお菓子《かし》だった。

「いつもすみませんことで……」

多津《たづ》が恐縮《きようしゆく》すると、

「いや、なに……。あるお武家の屋敷《やしき》で句会がありましてな。そのもらいものですから、えんりょはいりませんよ」

「いつもおいそがしくて、けっこうですこと」

と、多津はうらやましそうにいった。

「こちらさんも、けっこういそがしいのじゃないかな」

「いいえ、うちは貧乏ひまなしのほうですの。あなたさまのように、お名まえがあがるわけでなし、ただ、走りまわっているだけのことですわ」

母の多津は、桃三《とうぞう》が松葉屋へ往診にでたことの不満を、素外についもらした。あきは、母にそんないいかたをしてほしくなかったので、だまって下をむいていた。

「どうしてなんでしょうねえ。お武家屋敷や大店からのおたのみにはいい顔をしないで、お金のない人たちのことになると、何をおいてもとんでいくんですからねえ」

「あの男は、子どものときからそうでしたよ。けんかになれば、いつも弱いほうに味方したものです」

素外《そがい》は、愉快そうにわらった。

桃三《とうぞう》と素外は、生まれもおなじ大坂（大阪《おおさか》）であった。大坂の町でも、どまんなかの鰻谷《うなぎだに》で、桃三の家は町医者、素外の家は商家であった。勉強ずきのふたりは、ふしぎに気があったらしい。大きくなるにつれ、桃三は算法に、素外は俳諧《はいかい》にと興味はわかれていったが、したしさはかわらなかった。

のちに素外は、俳諧に熱心のあまり、長男であるのに、家業を弟にゆずって江戸《えど》へでた。桃三は、大坂にのこって医師のあとめを継《つ》いだが、医業のあいだにもずっと算法の研究をつづけてきた。

この時代は、算法を職業とすることはむずかしかった。算法を人におしえて謝礼をうけるか、算法の趣味《しゅみ》をもつ大名につかえるか、であった。

はじめの場合は、生活が不安定となり、あとの場合は、ごくかぎられた人だけのものとなる。

——年月がながれた。

素外は、努力のかいあって、談林派《だんりんは》という、江戸でも指おりの俳諧の流派の、第七代の家元の地位を継いだ。いまでは、俳句をつくる人のあいだで、ああ、あの人か、といわれるほどの存在になっている。

大坂の千葉桃三は、医師としても算法家としても、いっこうにめだたない生きかたをしてきたが、二年ほどまえ、思いたって、素外をたよって江戸へでた。

いまでは、算法も江戸が中心であり、ことに関流《せきりゅう》という流派が勢力があった。桃三は、関流の算法を、江戸でみっちり研究しようと考えたのだった。

しかし、大坂時代もそうであったが、金銭にとんちゃくしない桃三は、貧しい人を親切に治療してやるので、暮らしはいつもくるしかった。

桃三と素外——このふたりは、名声の点でも、生活のうえでも、大きなへだたりができてしまったが、しかし、友情にはなんのかわりもない。むしろ素外のほうから、足し

げくこうしてたずねてきてくれるのだった。

「おあきちゃん、算木かい。えらいね。よくつづくものだ」

薬をもらいにきた人があって、多津《たづ》が座をたったとき、素外《そがい》は、あきにはなしかけた。この友人の娘が、かわいくて、しかたがないのである。

「おじさんは、ほめてくださるけれど、おかあさんは、わたしがこうしていると、きげんがわるいんです」

「そりゃ、女の子だから、女の子らしい芸ごとでもしていれば、おっかさんも安心だろうが……。女でも、一芸に秀《ひい》でるということは、りっぱだとおもうがなあ。わたしには、算法のことはわからぬが、俳諧でも、男をぬいてうまい女の人はいく人もいるぞ。そうなれば、世の中からも重んじられる。たとえば、加賀の国（石川県）松任《まっとう》の住人で、加賀の千代女《ちよじょ》とよばれるおばあさんなんぞ、江戸からはるばる教えをうけにいく人もあるほどだよ。

朝顔に　つるべとられて　もらい水

うまいものだろう」

「そうですね。上手かへたかは、わたしにはよくわからないけど、朝顔をたおしたくないのでもらい水なんて、やさしいひとのようですねえ」

「この人の俳句のつくりはじめは、十五のときだよ。おあきちゃんもはじめてはどうだい」

「でも、やっぱりむずかしそうですわ」

「そうでもないさ。思ったままを、十七文字にすればいいのさ」

「お手本をみせてくださらねば……。おじさんのおつくりになるのは、どんな句ですか」

「おやおや、あべこべにせめたてられたね」

そういいながらも、素外《そがい》はすっかりきげんをよくし、ふところから小さい帳面をとりだした。

「こういうものをいつも持っていてね。思いついた十七文字を書きつけておくのさ。まあ、みてごらん」

矢立の筆のあとはかすれ、かきこみがあったりして読みにくいものがおおかったが、なかの一句に、

富士やかすむ扇《おうぎ》売る声ここちよし

というのが目についた。

「これ、いかにも春らしい気分がしますわ」

というと、素外はおどろいたように、

「やあ、わたしもこれには苦心したのだよ」

(2)

静かな夜である。

昼はにぎやかな大江戸の町も、夜のふけるのははやい。

かち、かち――拍子木《ひょうしぎ》のおとのあいだに、

「火のばあーん」

のんびりした声をあげる町内まわりの老人の声が、しんとした夜の中に大きくひびいて聞こえる。

あきの家では、油を節約するため、いつものように芯《しん》を小さくした行燈《あんどん》のまわりに、家族三人があつまっていた。

母の多津《たづ》はつくろいものをひろげ、あき

は桃三《とうぞう》から算法を教えてもらっていた。

「昼間の問題はよく解いてあった。今夜のは、わしの若いときの師匠、鎌田《かまた》先生の問題や。すこしむずかしいぞ」

あきが問題の本をうけとって考えこんでいると、多津はつくろいの手をとめて、さっきの話のつづきをはじめた。

「それで、あなた、谷さまは、この子は俳諧のすじがいい、わたしが教えたら、きっとうまくなれる、やってみないかとすすめてくださったのに、あきといったら、あっさりことわっているんですよ」

「なんでや」

「わたしはどうも算法の方が向いているよ

うです。俳諧もいいけれど、そちらの勉強をしていると、算法をするひまがないなどといって……」

「そうか、そうか」

桃三は、満足そうにうなずいた。

「そのほうがええわ。あれこれ手をのばすのは、わしも気にいらん」

「でも、あなた」

多津は心のこりのようすで、

「谷さまは、俳諧を通じて、りっぱなお屋敷にもお出入りなさっていられます。この子が谷さまについて俳諧をならえば、わたくしたちも身分あるかたに、つながりができるかもしれませんよ」

「あほなこというたらあかん」

桃三は、声を大きくした。

「算法でも、俳諧でも、たのしみの道に、そんな考えをもちこんではあかん」

「すきなことを楽しむだけでええのや。素外は俳諧の家元やし、絵も描く。文章もつくる。それで自然につきあいがひろうなっただけのことやないか。はじめから、それをめあてに俳諧をやろうなんて思うのは、とんだ了見《りょうけん》ちがいやぞ。算法でもこれはおなじことやが……あき、わかるか」

あきは、問題から顔をあげずに、

「いつかいわれた、壺中の天のたのしみですか」

といった。

「そや、そや」

と、父がうれしそうな声をあげた。

「なんのことです、それ」

多津《たづ》はしらなかった。

「おや、おまえにはまだはなしていなかったか。これはあかん。おまえとはくらしのはなしばかりやからな」

桃三《とうぞう》は、こういうはなしになると、ひどく熱心になる。

「――中国の古い本にでているはなしや。ある男が高殿《たかどの》に立って町をみまわしていると、

壺中の天

薬売りの老人が、店をたたんだあと、そばにぶらさげた壺《つぼ》の中へするするとはいりこんでしもうた。男は、翌日、さっそく老人のところへでかけて、じぶんの見たことをはなし、むりにたのんで、じぶんも壺の中へつれていってもらった。すると、中には、みごとな御殿《ごてん》があり、お酒も、めずらしいごちそうも、ずらりとならんでいた。それを、たらふく飲んだりたべたりして、しばらくこの世の苦労はなにもかも忘れることができたというのさ。ここから、この世とは別世界のような楽しみをもつことを、壺中の天というようになった。つまり、わしの算法もそれにあたるわけや。もっとも、壺中の天は、このほか、酒を飲む楽しみをいうときにもつかわれるから、わしのは両方だな。あはは……」

桃三はお酒もすきなのだった。

「まあ、それで壺中隠者《こちゅうのいんじゃ》なんて号（風流でつける名）を使っていられるんですか。この世の苦しみをわすれるのもけっこうですけど、この世でくらしていくには、お金がかかることも、わすれないでくださいよ」

「ああ、わかっとる、わかっとる」

「ほんとに、算法なんぞ、いくらやったって、くらしのたしにならないのに、あなたは、あきにまでこのみょうな遊びをしこんでしまわれて……」

「ええやないか。上品なたのしみやで」

あきは問題をかんがえるのをやめた。父と母のいさかいが耳にはいって、よく考えがまとまらないのである。あきは、心の中でつぶやく。

（わたし、おとうさんの意見とも、おかあさんの考えともちがうわ。算法を勉強するのは、もっともっとべつの、なにかのためと思うわ）

桃三《とうぞう》がいった。

「おい、酒はないかな」

「あるはずがございませんでしょう。家賃もだいぶとどこおっておりますのに」

「なるほど、なるほど。これはわしが悪かった。そやけどなあ。まあ、わしら、ぜいたくはいえんよ。年中たりないたりないで、おまえに苦労はかけるが、食うものにことかくわけでなし、ええ子がふたりもおるし……」

あきの上に、兄の進がいた。しかし、進はきょねんから長崎《ながさき》へ医学の修業《しゅぎょう》に出かけていた。多津《たづ》はだまっていた。

「いや、つくづくそう思うたよ。きょうの松葉屋の老人などみていたらな」

「どんなふうなのですか」

多津もおもわずきいた。

「あそこに泊まる人たちは、たいていふかいわけがあるもんだが、きょうの老人などもその口でな。西国の人らしいなまりがあるが、生国をいいたがらん。孫らしい小さい娘をつれてな。旅のつかれでかぜをこじらせてしもとる」

「まあ、お気のどくに……」

子どもをつれたとしよりの病人ときくと、多津も心をうごかされたようすだった。

「ほんまに、あの年で、なじみのない土地で病気になっては、心ぼそいのもいっそうやろうて。わしも江戸へでて、もうだいぶになるというのに、まだ上方がなつかしいでなあ」

父のことばをきいているうちに、あきは、昼間の観音さまの境内《けいだい》でのできごとが、心のなかによみがえってきた。

いやな事件だった。

あきは、もし勝負でいうのなら、勝ったといってよいのかもしれない。しかし、あとあじがわるかった。鈴木《すずき》彦助《ひこすけ》という人の忠告めいたことばも、気味がわるかった。

(わすれよう、わすれよう。さあ、この問題を解いてしまって)

あきは、いそいで本に目をおとした。

手まりうた

(1)

ひとつてみぃよ　いつむ　なあや　こうと　一十《いちじゆう》や

店の間の板敷《いたじき》に、あきや、けいや、いつもの遊び仲間があつまって、手まりをついていた。

角の小さな絵草紙屋《えぞうしや》は、おとなむけの黄表紙《きびようし》とよばれるよみものなどや錦絵《にしきえ》のほか、子どもむきの赤い表紙のおとぎ話の絵本や、芝居《しばい》のかわり絵、切りぬきなどの遊び絵、千代紙《ちよがみ》もならべていた。そしてなにより店番のおばあさんが子どもずきなので、近所の女の子たちのよい遊び場になっていた。

きょうも、八ツ（午後二時）に、手習いからさがってきた子どもたちは、だれいうとなくあつまってきて、小さい子たちは「ねずみのよめいり」に見入ったり、ちょっと大きな子は、芝居の絵草紙の品さだめをしたりしていたが、それにもあきて、まりつきをはじめたところだった。あきも、いつものように、けいにさそわれて遊びにきていた。

四十や　五十や　六十や

糸かがりのまりをつくには、板敷がぐあいがよい。本石町《ほんごくちょう》の時の鐘《かね》は、さきほど七ツ（午後四時）を告げたが、日は長いさかりで、まだまだかえるにはおしかった。

いま、まりをついている千代は、地味なみなりの子どもたちのなかで、はなやかな友禅《ゆうぜん》のたもとがひときわめだってみえる。千代は、表通りの大きな呉服屋《ごふくや》、伊勢屋《いせや》のひとり娘《むすめ》だった。

「お千代ちゃん。お遊びのとちゅうですけどね。おうちからむかえの人がきましたよ」

店のおばあさんが声をかけた。そのうしろから顔をだした小僧《こぞう》が、

「お嬢《じょう》さん。おどりのお師匠《ししょう》さんが、さっきからおまちですよ。おそいと、またしかられますよ」

「いやよ。せっかくあがりそうなのに」

千代はすねた。

「お千代ちゃん、たいへんね。おけいこ、おけいこで」

ひとりが同情していう。けいが、首をかしげて、

「お千代ちゃん、なんであんた、そんなにいろいろおけいこするの？　おどりのほかに、お三味線《しゃみせん》も、お琴《こと》もでしょ」

「あんたしらないの？　お千代ちゃんは、お屋敷へあがるためのけいこなのよ」

ものしり顔に、べつのひとりがおしえた。

武家屋敷に、行儀見習《ぎょうぎみなら》いというかたちで何年か奉公《ほうこう》すると、女としての教養や行儀作法を身につけることができるといわれて、このごろ、町のゆたかなくらしの家では、娘たちを、なんとかして大名や、大身《たいしん》の旗本の屋敷につかえさせようと、けんめいだった。そうしなければ、よい家の娘としての資格が、ないようにかんがえられていた。

「お千代ちゃんの家は、お金持だから、行儀見習いにもあがれるのね」

うらやましそうにいう子もいる。

娘を行儀見習いにあげると、奉公先へのつけとどけや、宿さがりのときの近所へのくばりものなど、さまざまのお金がかかるので、ふつうのくらしのものでは、できない相談だった。

「それにさあ」

ものしり顔のその子がつづけていう。

「ご奉公にあがるときは、いろいろな芸をみてもらって、よほどじょうずでなければだめなのよ。それで、お千代ちゃんも一生けんめいやってるんでしょ」

「ええ、おっかさんが、やらなきゃだめだっていうんだもの。わたし、すきじゃないけど」

千代は気のりしないようすだった。

「やれやれ。あたしはただのかざり職人の娘でよかった。当分は子守《こも》りをしてればいいだけだものね」

けいは、にぎやかな笑い声をあげたが、くるりとあきのほうをむくと、

「おあきちゃんもご苦労なことね。けいこごとをしこまれないかわり、あのむずかしい算法《さんぽう》とかを、みっちりしこまれてるんでしょ」

はなしが、いきなりじぶんのことになったので、あきはびっくりした。

「あら、そんなこと……」

あわてて、答えにならない生返事をした。あきはさっき出かけに、母にちょっといやなことをいわれて、それが心にひっかかっていたのである。

あきは、手まりつきはすきだし、友だちのなかでもじょうずなほうだった。しかし、きょうは、このあいだ父からもらった問題の解きかたをおもいついたので、算法をやりたかった。

「おあきちゃん、手まりつきにいかない？」

けいが、妹のみつの手をひいてさそいにきたときも、

「きょうはやめるわ」

とことわって、算盤《さんばん》にむかっていた。

「おやまあ、またつまらないことを……」

母がひどくきげんを悪くした。

「ほんとによ、おどりとか、三味線とかの芸ごとを習っているのなら、それでお屋敷へあがるというあてもあるけれど、女が算法をやってなんになるんです。手まりをついてるほうが、よっぽどましですよ」

そういって、おしだすように、あきをここへこさせたことになった。

(おかあさんは、算法のすばらしさをすこしもわかってくださらない)

あきはさびしかった。

「おあきちゃん、はやく」

ひとりに、ぽんと背なかをたたかれて、あきはわれにかえった。ぐずっていた千代も家にかえって、手まりの番が、あきにまわっていた。

「あ、ごめん、ごめん」

あきは、まりを手にすると、調子よくつきはじめた。あきは、手まりがとくいである。かがりまりは、気もちよく板にはずんで、つき手や見物のものの心をうきうきさせた。

七十や　八十や　九十九貫《かん》め
おてさま　三六　ちょうど　お目の
めで
百つきまあす

「まあ、おあきちゃんがいちばんさきにあがったよ」

「おあきちゃん、算法よりも手まりのほうがうまいみたい」

「もしもさ。お屋敷へあがるときにみせる芸のなかに、手まりと算法があったら、おあきちゃんは、いっぺんでお首尾《しゅび》（合格）ね」

子どもたちは、口ぐちにほめそやす。

「まあ、まさか。そんな芸をみたいというお屋敷があればいいけどね」

あきはわらって、

「でも、たとえ、手まりと算法でどうぞって、むこうからたのまれても、わたしはお屋敷なんてごめんこうむるわよ。あんなきゅうくつなところ」

「そうともさ、あたしだって」

けいも大きくうなずいた。ほんとうに、武家屋敷などというところは、のびのびそだった、けいや、あきなど、町の娘たちにはえんのないところのはずだった。

子どもたちが、手まりをつづけようとしているところへ、素外《そがい》がすがたをみせた。

「おあきちゃん、どうもあんたの声がするので、のぞいてみたら、やっぱりいたね。いま、あんたに用があってきたところだが、いっしょに家へかえっておくれ」

「あたしに用事ですって」

「そうさ。用事はかえる道みちはなすから」

素外はにこにこしている。わるい用事ではなさそうだった。あきは、友だちに手をふって絵草紙屋をでた。

(2)

「やれやれ、手まりをついてあそんでるところは、ふつうの女の子なんだが、たいしたことをしたもんだね」

「おじさん、それ、どういうことですか？」

「めでたいはなしさ。いや、おあきちゃん、おめでとう」

「なにがおめでたいのですか。おじさん、はやく教えて……」

「そうだね、そこからはなさなくちゃ。おあきちゃん、あんた、このあいだ観音さまで、たいしたことをやってのけただろ」

「たいしたことって、べつに……。ただ、水野とかいう旗本の子の算額をみて……」

「やっつけたんだね」

「やっつけたなんて、そんな……。ただ答えのちょっとしたまちがいをみつけただけですよ」

「おお、それそれ。それがね、算法家のあいだにぱっとひろまって、たいへんな評判になってるのさ。ところで、おあきちゃん、入江修敬《いりえしゆうけい》って人をしってるかい」

「ええ、父からお名まえはきいてます。関流《せきりゆう》の算法家だけど、上方にもいられたことがあって、そのとき、父もお習いしたそうです」

「そうなんだ。あのお人はね、趣味《しゆみ》のひろい人で、漢詩や俳句もつくる。それでわたしもしたしいのだが、いまは有馬《ありま》さまのご家来さ」

「有馬さまというと、あの算法ずきのおとのさまのこと？」

「それそれ、筑後久留米藩《ちくごくるめはん》」

筑後国（福岡《ふくおか》県）久留米藩七代の藩主、有馬頼徸《よりゆき》は、二十一万石《ごく》の大藩の当主としてより、むしろ算法家としてしられたほどだった。もう六十をすぎていたが、その学問のふかさは、とのさま芸どころか、当代第一といううわさである。

「あのとのさまは、算法家をいく人もめしかかえていられるがね。あまりたくさん算法家ばかりご家来にすると、いろいろ面倒《めんどう》なことがあるらしいけどね。入江さんは、おもてむきは儒学《じゆがく》――例の孔子《こうし》さまの学問さ。あれの先生ということになっているが、やっぱり算法のお相手がほんものさ。それで、とのさまのまえで、なにかのおりに、その入江《いりえ》さんが、おあきちゃんのはなしをしたらしい」

「まあ」

「じぶんの若いころの弟子《でし》の娘だが、あの人物の娘ならやるでしょうとか、ほめあげたのだな。そうするてえと、とのさまもすっかり感心なすって、なにやかやとおたずねがあったあげく、おあきちゃんを、お姫《ひめ》さまの算法御指南役《ごしなんやく》にしたいと、こういうはなしがもちあがってしまったそうだ」

あきは、ことばもない。おもわぬ話に呆然《ぼうぜん》としていた。

「なに、まだ正式のはなしになったわけではないが、入江さんとあって世間ばなしをしたとき、こんなはなしもありましたよと、なにげなく語りだしたのがそれさ。そこでわたしが、なんだ、なんだ、そのおあきさんなら、わたしはよくしっている。あの子の家へはしょっちゅうでかけているんですよといったら、入江さん、よろこんでねえ。――それは好都合だ。あんたからはなして、意向をきいてほしいと、こういうわけさ。どうだい、おあきちゃん、いいはなしだろうが」

素外《そがい》が、じぶんのことのようによろこんでいるのをみながら、あきはわらいがこみあげてきた。

ほんとに、世の中はおもしろい。

さっき、ほんの冗談《じょうだん》のつもりで、「あんなきゅうくつなところ、むこうからたのまれても、ごめんこうむるわよ」といったばかりだった。でも、あのときは、まさかそんなことが、この世の中におこるとは、おもってもみなかった。お大名のお姫さまの御指南役だなんて……。

「おあきちゃん、どうしたえ。きゅうにわらいだして」

「おじさん、そんな夢みたいなはなし、とても本気にはできないわ。それに、わたし、ほんとうだとしても、やっぱりおことわりするわ」

「な、なんだって……」

「だっておじさん。わたしみたいな町そだちのものが、とても大名のお屋敷へあがって、つとまりっこないわ」

あきは水野三之介《さんのすけ》を思いだす。あんな、ふんぞりかえった、そこ意地のわるそうな連

中のところなんて、かんがえただけでもぞっとする。

「つとまらないということはないさ。もったいないはなしじゃないか。ちかごろの町の気風《きっぷ》を、おあきちゃん、しらないかい」

それは、あきも承知していることだった。

「でも、つとまるとしても、やっぱりわたし、ことわるわ。いやだもの。──それに、お屋敷にあがると、とてもお金がかかるのでしょう。わたしがひきうけたとしても、うちのくらしではむりよ」

「とんでもない」

素外《そがい》は、大きく手をふった。

「こんどというこんどは、はなしがぎゃく

だ。あんたは、お姫さまのお師匠さん、わずかながらお扶持《ふち》がでる。仕度金《したくきん》だって、でるだろうよ」

「おや、まあ」

「それだけじゃない」

と、素外の身ぶり、手ぶりは、いよいよ熱がはいった。

「これはね、かんがえるとたいへんなことなんだよ。わたしは、あんたのおとうさんからきいているので、算法家のようすもだいたいしってるが、こういうときえらばれるのは、ふつう関流からときまっている。それを、どうだ、上方の算法をならった、ただの町娘がでるというのは、世の中に、こう、ぱあっと、あたらしい光がさしこんだようなものではないのかえ」

素外の、このことばには、あきも、まったくそのとおりだとおもった。

このあいだも、「壺中《こちゅう》の天《てん》」のいわれをかたったあと、桃三《とうぞう》は、上方をひとしきりなつかしんでいたが、いつかはなしは上方と江戸の算法の比較《ひかく》にうつっていった。

桃三《とうぞう》は、江戸には、すぐれた算法家がおおいときいて、わざわざすみなれた大坂をでてきた。ところが、その江戸で、いま算法の中心となっているのは、関流である。これは元禄《げんろく》時代のすぐれた算法家である関孝和《せきたかかず》という人の学問を、そのままうけついでいる。関孝和は、たくさんのりっぱな研究をのこし、後世の算法家から、神様あつかいをうけるほどうやまわれていた。

「——ところがや」

江戸へでた桃三は、さっそく関流のなかでも名のとおった算法家を幾人《いくにん》かたずねて、弟子入りを申しこんだが、どこでもいい返事をもらえなかった。

桃三が、上方の先生からすでに印可《いんか》免許《めんきよ》という最高の免状をもらっているとわかったからだった。桃三も、べつにかくすことはないとおもって、ありのままに経歴をかたった。それが悪かった。

算法にも流派があった。

この時代のならわしとして、先生について習うものには、すべて、それぞれの流派をまなぶことになるといっても、いいすぎではなかった。

剣道《けんどう》、書道、茶道《さどう》、花道、水泳、礼法、料理——学問でも、芸ごとでも、何々流という流派がある。流派の中心になるのが家元《いえもと》で、家元は、弟子の力量によって、何段階かの免状をあたえるしくみになっている。

算法でも、ちょっとかぞえただけでも、上方から出た歴史のふるい吉田流や百川《ももかわ》流、横川流がある。また関孝和の直系の関流、関孝和のすぐれた弟子からはじまった建部《たけべ》流、中根流など、両の手の指にあまるほどである。

もっとも、吉田流など二、三をのぞいて、おおくの流派のほとんどは、関孝和の教えをうけた人からはじまっていた。ただ、ちょっと式のたてかたをかえたり、式の符号《ふごう》をかえたりして、小さな工夫《くふう》によってあたらしい流派を名のっている。学問自体に大きなちがいがあるわけではなかった。

しかし、流派のあいだの競争心は、じぶんの流派の長所をあげ、他流のやりかたを欠点のおおいものとして、みとめないばあいがおおかった。

だから、桃三の申しこみをきいたあとはきまって顔をしかめて、

「当流には当流のやりかたがありますからな、他流で勉強したかたでは、わからないでしょう」

とか、

「当流のやりかたを、はじめから勉強しなおして、まず四、五年。それから当流の上級の算法をお教えする。それでよろしければ……」

などという算法家がおおかった。桃三《とうぞう》は、すっかり腹をたててしまった。

「そっちがその気なら、こっちも相手になんかなってやるもんか。唐《から》から伝わった算法が、まず根をおろしたのは上方や。算法といえば『塵劫記《じんこうき》』というほど、算法の手ほどきの本として有名やが、あれを書いた吉田光由《よしだみつよし》さんも京都のお人やからな」

桃三にも、じぶんの実力に自信をもちすぎて、頭《ず》の高いところがあったかもしれないが、とにかく、江戸の算法家たちと桃三とでは、うまがあわなかった。

といって、いまさら大坂へもどる気にもなれない。それに、江戸の算法家は気にくわなかったが、すまいをかまえた神田界隈《かんだかいわい》の、気どりのない人たちの生きかたが気にいった。

友だちの素外《そがい》も、なにかとめんどうを見てくれるので、つい腰をおちつけて、貧しいながら医師でくらしをたて、ひまをみては気ままに算法の研究をするという日々だった。

「それにな、江戸の算法家には、お大名から扶持をもろとる人がおおい。それでいばっとるんや。武家の算法やと思うて」

あきは、水野三之介《さんのすけ》のことばをあらためて思いだしたりした。

「おあきちゃん。どうだ。それでも不承知かい」

あるきながら、素外があきの顔をのぞきこんだときである。むこうの辻《つじ》をまがってせかせかとやってくる人影《ひとかげ》を見た。差配の米屋の番頭だった。その番頭は、もうそこまでやってきた。あきの家のほうへはいっていこうとしている。

（あ、家賃、まだ工面がついていないはずよ）

あきの頭の中で、いろいろなおもいがまわり灯籠《どうろう》のようにめぐっていった。

「おじさん、わたし、このおはなしひきうけます」

(3)

「へえっ。それでは、お嬢さんが算法を教えに有馬《ありま》さまのお屋敷へ。そりゃたいしたもんだ。いいえ、町内じゅうのじまんでさ。家賃を待つなんてけちくさい。お祝いに、ふた月ぶんぐらい、棒びきにするように、うちのだんなにいってきます。おめでとうござんす」

番頭がかえっていったあと、多津《たづ》は心配顔で、

「いいの？　あき。おまえ、そんなでたらめをいって」

「いいや、おかみさん……」

あきは、いいかける素外《そがい》のほうをみて、いたずらっぽく声をあげてわらった。

「どうでしょう、谷さま。子どもといいながら、この子は、まあ、こんなだいそれたこ

とをいいだして……。どうしましょうか」

　多津は、あきのうしろにたっている素外に声をかけた。

　番頭が土間で家賃のさいそくをはじめたところへ、あきが背中ごしに、いきなり有馬家のはなしをはじめたのである。おどろいたのは番頭だけではない。母の多津もあきれてしまった。その場のがれにしたところで、いっていいことと、わるいことがある。

「――いやあ、これはみんな、ほんとうのことなのですよ」

と、谷素外もわらった。

「まあ」

　多津は大きくため息をついた。

「算法って、そんなにたいしたものなんですかねえ。りっぱなお大名も、夢中になられて、それでおあきがお屋敷にあがれるのなら、わたしも考えなおさなきゃいけませんねえ」

「ちがうの、おかあさん、その反対よ。算法がつまらぬ遊びなどでない、りっぱな勉強だから、わたしだってお屋敷へよばれるのですよ」

あきがいい返したが、母親の耳にはおなじことだった。

「ほんとに、そんなら算法もたいしたものだよ。おあき、よかったねえ」

母の考えかたに、あきは不満だったが、ともかく、これで、母に文句をいわれずに算法の勉強ができるようになるだろうとおもった。はれがましいだけでなく、家のくらしも助けられるし、あきにとってつごうのいいことばかりだった。

そこへ、障子のかげの座敷から声がかかった。

「おい、みんな、そこでなにをがやがやしとる」

桃三《とうぞう》が、薬をくだくやげんをひいていた。

「あなた、おあきがたいへんな出世なのですよ、いま谷さまがしらせてくださってねえ」

多津《たづ》は声をはずませたが、かえってくる桃三の声は、不きげんらしいようすが、ありありとみえた。

「おあき。それで、おまえは承知したんか」

「はい」

「ふん、おまえもわしのいうことがわかっとらんのやなあ。おまえが行くというなら、しようがないが、やっぱり壺中の天のたのしみはわからんとみえる」

「なにが壺中の天なものか。千葉、いいかげんにしなさい」

と、素外《そがい》がたしなめた。

九九《くく》をしらぬ子

それからがたいへんだった。

壺中隠者《こちゅうのいんじゃ》先生のちいさいすまいは、お祝いにおしかけてくる人でごったがえした。

「めでたい、めでたい」

「さすがは、おあきちゃんだ」

「お武家をやっつけたんだって。ざまあみやがれ」

「二本さしたがなんでえ」

桃三《とうぞう》のすきなお酒をさげてくる人もあった。

「わしは、こんどのことに、乗り気やないのやが」

桃三もはじめはそんなことをいっていたが、

「先生、そんなことをいわずにさあ。せっかくおあきちゃんのえらさが、天下にとどろくという大事なときですぜ」

「まったく、たいした娘《むすめ》さんをおもちで……。こいつは親御《おやご》さんとしても、じまんの種でしょう」

などとみなからいわれると、娘をほめられてうれしくない親はなく、

「うむ。まあ、あきは、むかしから算法《さんぽう》では、めずらしくなみはずれてましてなあ」

と、いつのまにかきげんをよくしていた。

「それじゃ、そちらの宗匠《そうしょう》さんもいっしょに飲みましょう」

けいの父の長八《ちょうはち》をはじめ、近所の人たちに素外《そがい》もはいって杯《さかずき》のやりとりがはじまった。

千代やけいも、祝いをいいにきてくれた。

「昼間、お屋敷《やしき》なんぞ行かないなんていったばかりなのにねえ」

あきがはずかしがると、

「むこうがたのみにきたんだもの、いばっておゆきよ」

と、けいが元気づけてくれた。千代の母も顔をだして、

「うちの千代も御奉公《ごほうこう》にあがれるように、おあきちゃんからよろしく」

と、気の早いたのみごとをする。

その夜、桃三《とうぞう》はおそくまで、素外や近所の人といっしょに飲みつづけた。さきに寝《ね》てしまったあきは、集まりがいつおひらきになって、素外や近所の人たちがいつかえったかもしらなかった。

翌朝あきは、母の多津《たづ》におこされて目をさました。

「――たいへんだよ。おとうさんのぐあいが悪いんだよ」

あわててとびおきて、となりの座敷へいくと、桃三が床《とこ》のなかでうなっている。

「医者の不養生というやつや。胃がわるいのはわかっとったが、酒はやめられんよってな。きょうは、とてもおきられん。あき。そこの薬戸棚《くすりとだな》から帳面だしてくれ」

その帳面には、患者《かんじゃ》の病気のぐあいや、調合した薬のことがつけてあった。

「――例の松葉屋のとしより、伊之助《いのすけ》という人やが、きょうは、ようすを見にいかなあかんとおもうとったが、あき、あとでいってみてくれんか。それで、かわりがなかったら、きのうな、薬を作っておいたから、おいてきてほしいが」

「はい、わかりました」

あきは、すなおにこたえて父を安心させ、それから朝ごはんをすませて、家をでた。

おもてでも、ほうぼうから声がかかった。のき下の盆栽《ぼんさい》に水をやっているご隠居《いんきょ》さんも、

「おあきちゃん、えらい出世だってね。がんばっておくれよ」

絵草紙屋《えぞうしや》のおばあさんも、わざわざ店さきへでてきて、絵草紙を一枚くれた。

「おめでたいことで……。ほんのお祝いですよ」

あきは、いろいろ礼をいうのにつかれるほどだった。

松葉屋では、せまいへやのうすいふとんに、病人の伊之助《いのすけ》が寝ていた。

「父がぐあいがわるいので、わたしがごようすをききにまいりました。いかがですか」

あきが枕《まくら》もとによると、

「これはこれは。お嬢《じょう》さまですか。先生にはたいそうおせわになっております。お礼もじゅうぶんできませず、心苦しくおもっておりますが」

ふとんから身をおこして、きちんとあいさつする伊之助は、身すぼらしい姿をしてい

るが、心のもちようはりっぱな人だとおもわれた。それから父がいうように、たしかにことばのはしばしに、西国《さいごく》なまりが感じられた。

薬をおいてかえろうとしたあきは、目のまえの障子をみて、おもわずわらいだした。すすけた障子に、小さい穴がぷつぷつあいている。一つ、二つ、三つ……。そこからあどけない目がのぞいている。あきはたのしくなった。

「みんな、いい子ね。はいあけますよ」

すうっと障子をひらくと、六、七人の子が、ぱっと縁側《えんがわ》をにげだそうとした。

「いいのよ、にげなくても。みんなこっちへいらっしゃい」

そこにいた六、七人の子らは、けいの妹のみつぐらいの年ごろから、あきよりすこしちいさいぐらいの子まで、男の子も女の子もいた。よごれたきものの下から、おなじようによごれた手足がのぞいている。

「これ、さと。おまえまでが、ぎょうぎのわるい。ごあいさつせぬか」

伊之助が小さい女の子をしかった。

「こんちは」

かすりのきもののがらも、もうすりきれたのを着ているが、目のくりくりしたかわいい子だった。

「おりこうね。そう、おさとちゃんというのね。お年いくつ?」

さとはだまって、左の手に右手のゆびを一本あてた。

「ああ、六つなの、よくわかるわね」

ほめられてうれしくなったのか、

「おにいちゃんは十三。万作っていうのよ。でも、まい日よそへでかけるから、さと、つまんない」

と、きかれないことまでこたえた。

「あ、これ」

伊之助《いのすけ》があわてたが、子どもの口は、小鳥のさえずりのようにはやかった。

「よけいなことをお耳にいれました。孫がふたりでしてな。その――この子らの親が江《え》戸《ど》へ出てきたまま、ゆくえしれずになりまして……。さがしに出てきたのですが、ついたその日にわしが寝こんだので、これの兄がかわりにさがしあるいております」

(江戸の地理にも不案内だろうに、まだ小さい身で……)

あきは万作に同情し、さとをいじらしくおもった。

「あんた、手まり遊び、すき?」

あきは、おもいついてきいた。

「うん。だあいすき。けど、手まり、ないもん」

「あとで、もってきてあげるわ」

あきは、もう手まりをつくひまも、なくなるだろうとおもった。いらなくなった手まりを、この子にくれてやろう。

ほかの子らが、うらやましそうな表情をした。

「あ、そうだ。みんなにも、おみやげを持ってきてあげる。——おだんご、いいでしょう。ひとりに二串《ふたくし》ずつかってきてあげる」

子どもたちから歓声《かんせい》があがった。

(ゆうべ、谷のおじさんが、これはわたしからのお祝いだといって、お金をおいていってくださった。あのなかから使えばいいわ)

あきは気が大きくなった。

「みんなで七人ね。ひとりに二串として、二七《にしち》の十四串あればいいわね」

あきがひとりごとをいっていると、十ぐらいのかしこそうな男の子が、おどろいたように、

「どうしてそんなに早くわかるの?」

と、きいた。

「なんのこと?」

「七人に二串で、十四串ってことさ。おれ、いま、いっしょうけんめいに足し算してたんだ。だって、もし、たりなかったらこまるだろう。おれなんか、大きいからがまんしろ、なんていわれたら、こまっちゃうもの」

　あきはわらった。

「わたし、買いにいくわ。そのときは……」

「でも、ちゃんと買ってきたほうがいいぜ。だからさ、おれ、二に二をたして四、それから六ってやってたら、八までいかないうちに、おまえ、十四なんて出して、ほんとにあたってるのかい」

　ことばはあらっぽいけれど、熱心な、まじめな子らしい。

「だって、あんた、九九《くく》を使えばいいじゃないの」

「九九ってなにさ」

「えっ、九九をしらないの?」

「しるもんか」

ほかの子も口ぐちにいった。

「しらん」

「しらね」

「おら、しらね」

さとも口まねして、

「あたいも」

と、いった。

「あんたいくつなの？」

最初に九九の計算をふしぎがった男の子に、あきはきいてみた。

「十一さ。名前は文吉《ぶんきち》。三河からでてきたんだ。おとっさんが、ひとに田地をだましとられたんで、そのかたをつけにきたんだけど、なかなか話がつかなくて、いつかえれるかわからねえや。おっかさんは、はたらきにでてるしさ」

そばにきていた松葉屋の主人がいった。

「お嬢さん、ここの子は、みんな文吉とにたようなものですよ。手習いにも、そろばんにも縁がないまま、奉公へでることになります」

あつまってきた子どもたちは、めずらしそうに、あきのまわりに立ってのぞきこむ。

「行儀《ぎょうぎ》も悪いのですが、だれもかまってやるものがありませんのでな。ここへ泊《と》まってきている客は、みな遠国からだいじな用をもって出てきているものですから、子をつれてきても、めんどうはみてやれぬのです。ちょっと大きくなれば、しごとを見つけてはたらきにいきます。小さい子が遊んでいるあいだに、せめて、読み書き、そろばんなど、少しは習わせたいとおもいますが、ただで教えてくださる奇特《きとく》な人はありませんし……」

そとをみると、さっきまでどうにかもちこたえていた曇《くも》り空《ぞら》から、ぽつぽつ雨が落ちてきていた。そとで遊んでいた子どもたちが雨にふられて家のなかへはいってきたものらしい。

あきの近所の家は、豊かではないにしても、子どもを寺子屋へ通わせる人もいる。寺子屋へかよう子なら、九九ぐらいはいえた。

あきは、なんとなく悲しかった。

いそいで家へひきかえし、手まりとお金をもつと、近所のだんご屋さんへ寄った。ここでもおかみさんが、うるさいほど「おめでたいこと」と祝ってくれ、めったにまけてくれたことがないのに、一串まけてくれた。

その包みをもって、松葉屋のちかくへきたときだった。ひとりの若い侍《さむらい》が、あたりを見まわして何かをさがしているようすだった。

「どこか、家をおたずねでしょうか」

あきがたずねると、侍はあわてたように、

「いや、そんなことはござらぬ」

というと、さしていたかさで顔をかくすようにして、むこうへあるいていった。

（おや、あのことばのなまりは、伊之助《いのすけ》おじさんのと、どこかにてるみたいだったけれど……）

あきは、首をかしげた。

雨の日

(1)

ことしは、はやくきた梅雨《つゆ》が、もう四、五日ふりつづいている。陰気《いんき》な午後だった。

江戸《えど》高輪《たかなわ》にある九州久留米《くるめ》藩邸《はんてい》の奥座敷《おくざしき》で、藤田《ふじた》貞資《さだすけ》は庭木にひかる雨のしずくをじっとながめていた。すぐれた算法家《さんぽうか》で、いつもその表情はつめたいといってよいぐらい静かな人であったが、きょうはなにか心配ごとがあるとみえて、眉間《みけん》にふかいたてじわがきざまれていた。

「またせたな」

しばらくして、屋敷のあるじ、久留米藩二十一万石《ごく》の大名、有馬頼徸《ありまよりゆき》があらわれた。

「急ぎの用でわしに会いたいのだと……。なにかあたらしく気づいたことでもあるのか」

きょうは、貞資《さだすけ》が有馬公と算法の研究をする日ではなかった。頼徸のことばは、算法の上で「なにかあたらしい発見をしたのか」という意味だった。いまの頼徸の心は、算法のことでいっぱいであった。

有馬頼徸――ことし六十二歳《さい》になるが、まだまだ元気で、二十一万石の政治をみている。

その一方で、若いときから算法に興味をもち、すぐれた算法家を幾人《いくにん》も家臣として召《め》しかかえたり、教えをもとめたりしてきた。

頼徸の学問のすすみぐあいは、算法家のあいだで口づたえに伝えられ、べつにどこに研究を発表したわけでもないが、はやくからしれわたっている。

数年前に『拾璣算法《しゅうきさんぽう》』という非常に程度の高い、すぐれた算法書が出版されて評判になったが、著者は「南筑米府豊田光文景《なんちくべいふとよだぶんけい》」となっていた。つまり久留米藩士の豊田という人なのだが、こういう名の人は久留米藩士にはいなかった。しかも、その内容の高さからいっても、これほどのものをあらわせる人は、そうざらにはいない。これこそ久留米侯《こう》であろうと、算法家のあいだではもっぱらのうわさだった。

大名は、格式にしばられて、なにをするにもきゅうくつである。以前にも、上総《かずさ》の国の一万石の大名が、本をあらわして身分ひくいものにあたえたということで、幕府から領地を没収《ぼっしゅう》されるという事件があった。軽がるしくそんなことをするのは、身分にふさわしくないという理由だった。

学問といえば儒教《じゅきょう》、つまり古代の中国に発生した、孔子《こうし》の思想にもとづく教えに関係した学問だけをさし、算法などはなぐさみの遊び同様にかんがえられていたときである。有馬頼徸が筆名を使う心くばりも、用心のしすぎとはいえなかった。

「どうした、貞資、なぜだまっておる」

と、あるじはいった。

貞資《さだすけ》は、頼徸《よりゆき》よりずっと年若で、頼徸に家臣として仕えているが、頼徸はむしろ、貞資のよい理解者、保護者というような立場にあった。

藤田《ふじた》貞資は、はじめ幕府に仕えて、暦《こよみ》をつくるしごとにたずさわっていた。ところがこのしごとには天体の観測も必要で、それにはよい眼《め》をもっていなければならない。貞資が眼病をわずらってこの職をやめることになったとき、頼徸はじぶんの家臣のひとりにして、自由に研究できるようにしてくれたのだった。

「はい」

うながされて、貞資はためらっていた口もとを、やっとひらいた。

「千葉あきという小娘《こむすめ》が、当家の奥むきにお仕えするといううわさを耳にしましたが、そのとおりでございましょうか」

「なんだ、そんなことか」

と、頼徸はわらった。

「まだ、きまったわけではないが、そうしたいと思っている。少女ながら、算法に達者なものときいたのでな。おもしろいではないか。しかし、なぜそのようなことを気にす

る」

「おそれいります」

と、貞資は一礼した。

「殿《との》がおきめになられたものを、わたくしどもがとやかく申しあげるべきすじあいでないことは、よくわかっておりますが……。この話、おとりやめにしていただくわけにはまいりませんでしょうか」

「ほう、それはまた、どうしてだな」

「――お聞きおよびと存じますが、そのあきという小娘に、算額のあやまりをいいあてられました水野三之介《さんのすけ》なるものは、じつはわたくしの弟子《でし》でございます」

「きいておるぞ」

「つまらぬうわさがお耳にはいりまして、おそれいりまする。もとより、あれは三之介《さんのすけ》がわるいので、まだ算法の技《わざ》は未熟で、とても算額をあげるところまではいっておりませぬ。身のほどをわきまえぬときつくしかっておきました。水野は、けっして当派を代表するものではございません」

「それはもちろんのことだろうな」

「――それはそれとして、水野をいいまかしたあきという小娘は、名もない上方《かみがた》算法を学んだものとききおよびました。どなたさまの御推挙《ごすいきょ》かは存じませぬが、そのようなものがご当家にお仕えしては、関孝和《せきたかかず》以来のほこりある関流《せきりゅう》算法が、上方算法に劣《おと》るように、世間から誤解をうけるようなことがあってはと、ひそかに案じましたために……」

「そんなことはあるまい。いま、じぶんでいったではないか。水野三之介はけっして関流を代表するものではない。あきという娘のことも、べつのはなしだ」

「はい、わたくしもそう存じております。なれども、世間の口はまたべつでございます。それにわたくしがお仕えしております御当家に、上方の算法をまなんだ小娘が、あらためて御奉公《ごほうこう》にあがるということになれば、他流に対するきこえもいかがとおもわれますので……」

頼徸《よりゆき》は、ただ貞資《さだつぐ》のいいぶんをきいていた。

この大名は、なかなか新しい考えの人である。流派にこだわらず、才能のあるものはどしどしひきたてていくのが学問の道であるといい、考えどおり実行もする。――しかし、まだまだ世間は流派にこだわっているということも、よくわかっている。藤田《ふじた》貞資ほどの人が、あるじのまえで、こんな願いごとを言上するのはよくよくのことであり、世間のおもわくや、弟子たちの動揺《どうよう》が、よほど大きいものであるにちがいなかった。

貞資は、関流の宗統《そうとう》として、流派をまとめる重い地位をうけついでいる。その貞資の立場もかんがえてやらねばなるまいと、頼徸はおもった。

「上方の算法も、なかなかすぐれたものであると、入江《いりえ》などがいっておったが……。さて、どうしたものかな」

「そのことにつきまして、もうひとつお耳にいれておきたいことがございます。当流にも、若い少女の身で、算法をよくするものがないわけではございません」

「ほう。それはどんな娘かな」

頼徸《よりゆき》も、ひどく興味をそそられて、身をのりだした。

「中根宇多《うた》と申します。あの中根彦循《げんじゅん》殿の遠縁にあたり、年はあきという娘とおなじ十三歳になります」

「ああ、中根のゆかりのものか。それならばよくやるだろうな」

頼徸は、大きくうなずいてみせた。

中根彦循は、父の元圭《げんけい》とならんで二代つづいた関流の算法家で、中根親子といえば算法家のあいだで有名だった。

「そうときくと、わしは、その娘にも会《お》うてみたいな。そうだ、こうしよう」

頼徸はひとりでうなずきながら、

「関流と、上方の諸流の算法とを、くらべてみるのもおもしろいな。あきは、まだはっきりめしかかえるときめたわけではない。そうだ、いずれ、あきと、その宇多という娘を屋敷へよんで、わしが算法の話をきくという形で、ふたりの算法の実力をためしてみるとするか。どちらを姫《ひめ》たちの相手にするかは、そのうえでかんがえるとしよう。貞資《さだすけ》、これならばどうかな」

「はい。もうなにも申しあげることはございません。ありがとうございます」

貞資は、ふかぶかと頭をたれた。

「わしも、どのような問題をだすかを、かんがえておかねばならんな」

頼徸は、きげんよく座をたった。

(2)

貞資が、あるじの頼徸に面会したおなじ日の午後だった。小やみなくふる雨の音にまじって、馬喰町《ばくろちょう》の松葉屋の一部屋から、かわいい子どもたちの声が聞こえていた。

「二五の十、二六の十二、二七の十四……」

松葉屋に泊《と》まっている子どもたちが、あきに九九を教えてもらっているのだった。

「二八……」

そこでみんなの声がつまった。

「十五」

「十三だよっ」

「十六」

子どもたちが、思い思いの数を口ぐちにさけぶので、たいへんなさわぎになる。

「ちょっと、太平《たへい》ちゃん、二が七つで十四よ。二がもう一つふえるのに、減っちゃうの？　おかしいじゃないの。十三でいいの？」

そういわれて、「十三」とさけんだ太平は舌をぺろりとだし、

「あ、いけねえ」

と、頭をたたいてみせた。

ただ暗記するのでなく、ていねいな説明がつくので、子どもたちにもよくわかった。

あきは松葉屋の主人の話をきいてから、ひまを見つけてはここへ通って、小さい子どもの手習いを見てやっていた。

あきが、この計画をいいだしたとき、父の桃三《とうぞう》は、

「ふうん、九九《くく》をしらぬものもおおいからなあ。あれはたいそう歴史の古いもので、万葉集という、むかしの和歌の本にも、九九を使った歌があるのになあ。子どもらには教

えてやらなあかん。行ってやりな」

と、きもちよく許してくれた。

万葉集に出ている九九というのを、あきも素外《そがい》から本をかりてさがしてみた。何首もあった。

万葉集の原文は、万葉がなといって、漢字の意味をとってこれを訓よみにしたもの、意味には関係なく、その音だけを用いたものなどがある。「春」を「はる」、「塔」を「とう」と読むのは前者であり、「和多都美」を「わたつみ（海）」と読むのは後者である。

そうした読みのほかに、「二二」と書いて「し」と読んだり、「二五」を「とお」、「十六」を「しし」と読むものがある。

名高い歌人の山部赤人《やまべのあかひと》が吉野山で作った長歌の中にも、そうした使い方がある。

やすみしし　わが大君は
み吉野の　あきつの小野の

野の上《え》には　鳥見《とみ》すえおきて
み山には　射部《いめ》たてわたし
朝狩《あさがり》に　十六《しし》ふみおこし
夕狩に　鳥ふみたてて
馬なめて　みかりぞ立たす
春の茂野《しげの》に

（わが大君は吉野のあきつの小野の野のあたりに鳥見――鳥獣《ちょうじゅう》のようすをしらべる役目の人――を配置し、山には射部――鳥獣を射るために射手が身をかくす設備――を一面に設け、朝《あした》の狩では猪《いのしし》をふみたて、夕《ゆうべ》の狩では鳥を追いたて、馬をならべて狩をなされる。それは春のしげった野のことである）

万葉集で「しし」というのは、猪も鹿《しか》も両方をさしているが、とにかく「十六」と書いて「しし」と読んでいるのである。

つまり、万葉集がつくられた大昔に、その編者たちは、すでに九九をしっていたのである。そんな、千年も昔の人がしっている計算法を、この子たちはしらないのだった。

松葉屋の主人も勉強ずきな人らしく、あきが教えにきてくれるというと、たいそうよろこんで、さっそくあいている座敷をかたづけて、ふるい机などをならべてくれた。

その日の勉強がひとくぎりついたとき、さとが思いだしたようにきいた。

「きょうは、ほかのおねえちゃんこないの？」

それは、けいや千代も、ときどき教えにきてくれるからだった。けいや千代も、あきの話を聞いて、てつだってくれることになった。千代はほかのけいこごともあるし、けいも家のてつだいがあるので、まい日はこられなかったが、できるだけつごうをつけてきてくれた。

千代やけいは、ひらがなの読み書きをおしえる役をひきうけてくれた。女の子は、ひらがなの手習いをとくにきびしくしこまれていたから、千代も、けいも、これはおとくいだった。

「ねえ、おあきねえちゃん。あたい『いろは』はもうぜんぶよめるのよ。おけいねえちゃんに見てもらおうとおもって……」

「そう、えらいのね。おけいちゃん、あしたはくるとおもうわ」

勉強がひとくぎりついたので、あきはかえりじたくをはじめた。

「おねえちゃん、もうかえるの」

さとが、さびしそうにきく。

「ええ、おねえちゃん、いそがしいのよ」

桃三《とうぞう》のからだのぐあいが、いっこうにはっきりしないので、あきは、なにかとしごとが多いのだった。

「そう、つまらないな。おにいちゃんのかえりもまい日おそいし」

小さい子どもながらに、はたらいているものは、松葉屋に泊まっている子のなかにも、いく人かいた。

辻占売《つじうらう》りとか、火事のおおい江戸では、焼けあとの釘《くぎ》ひろいなどというのもあって、いくらかのお金を手にいれては親にわたす、けなげな子たちだった。

さとの兄の万作も、親さがしの間は、そうやってはたらいているらしい。あきはまだ、一度も会っていなかった。

「おにいちゃんに、いっぺん会いたいな」
会っていろいろはなしをきいてみたい。
「うん、そういっとくよ」
「それじゃ、みんな、あとかたづけをしましょう」

子どもたちといっしょに机をかさねながら、あきはなに気なく窓のそとをみて、はっとした。れんじ窓（格子《こうし》のついた窓）のむこうに、さっきから立ってのぞいていたらしい人かげがある。

（お侍だわ。このまえ、ここらをうろうろしていた人だわ）

あきは、いそいで窓のそばへいった。

「これは、どうも失礼した。雨やどりをし

ていたものです」

先方はあやしまれたとおもったのか、むこうからいいわけをした。あきがだまっていると、

「いや、よいことをされている。感心なことだ」

ほめられてもうれしくなかった。侍はつづけた。

「さっきから見ていると、子どもたちもあんたによくなついて、熱心にやっている。見ればまずしい家の子たちだが、百姓《ひやくしよう》、町人の子でも、おしえればおぼえるものですな」

そのいいかたには、心から感動したというようすが見られた。あきはまよった。

(この人、どういう人かしら)

そこで、おもいきってたずねてみた。

「わたし、あなたさまに、一度お目にかかったとおもいますが」

侍は少しあわてたように、

「そうかな。わしにはおぼえがないが、どこぞで会ったかな」

「先日、やはりこの近所で、どこか、おうちをさがしていられるごようすでした」

「ああ、あのときの娘御《むすめご》か」

武士はどうやらおもいだしたらしい。すこし顔を赤らめていった。

「いや、わたしは、その、西国筋の、さる藩の扶持《ふち》をはなれたもので、馬喰町に、しりあいの仕える屋敷があるときいたので、それをさがしていたところで……」

「馬喰町には、お大名のお屋敷はないようですけど」

「あ、そうかな。では、どこであったかな」

「ちかくの大和町には、細川玄蕃《げんば》さまのお屋敷がありますし、その馬場のそばは、郡代《ぐんだい》屋敷です」

「おお、そうだ。細川さまであった」

あきはなんだか、この侍が気のどくになった。

(このひと、うそのいえない人なのに、一生けんめいうそをいっている。なにか、わけがあるらしい)

あきは、顔をやわらげ、わらってみせた。そうでないと、この人があんまり困ってしまうようにおもったからである。

侍は、あいてが、じぶんのことばを信じてくれたと思ったのか、ほっとしたようすで、

「わたしは山田多門というものです。失礼した」

と、またわびて、

「雨も小ぶりになったので、出かけよう」

と、いいわけのようにいって立ちさろうとする。

そのとき、あきは、とてもおもしろいことを思いついた。

「山田さま、でございましたね。さっきから子どもたちのようすを熱心に見ていてくださったのですから、さぞ、子どもたちがおすきだとおもいます。おねがいでございます。わたしのしごとを、おてつだいくださいませんか。雨がやむまででけっこうです。手がたりなくて困っていました」

「いや、それは困る」

山田多門と名のった武士は、ひどくあわてた。

「いけませんか。やっぱり、りっぱなお武家さまに、こんなことをおねがいするのは、失礼なことですものね。ごめんなさい」

「いや、そんなことはないが……」

と、山田は首をふってうちけし、

「わしは算法のことは何もしらん」

「いいえ、よみかきでもおしえていただければ――とおもいまして」

「いや。それは、わしもおしえてもいい。大いにおしえたいのです。しかし……」

「失礼いたしました。お武家さまがたに、とんだおねがいなどしまして、御無礼いたしました」

「いや、けっして無礼などというものではない。これにはすこしわけがあってな。――いや」

山田多門は、なにかを決心したらしい。

「よろしい。てつだおう。子どもらに、よみかきをおしえよう。雨のやむまででよろしいな」

「ええ、それはもう、大助かりですわ。ありがとうございます。では、あちらからどうぞ」

山田が座敷にはいってくると、子どもたちはけげんそうに、そして不安そうにふたりを見くらべた。

「この子たち、お武家ざまをこわがっておりますの」

あきの口のあとについて、すぐにさとがいった。

「そうよ。お武家さまが村へくると、みんなこわがるの」

「いいえ、山田さまはそんなこわいお方ではありません。さとちゃん、そんなことをいってはいけませんよ」

と、あきはたしなめた。

山田多門は、ひどく考えこんだ顔つきになっていた。

縁台《えんだい》ばなし

(1)

しばらくぶりで、谷素外《そがい》が桃三《とうぞう》のすまいをたずねた。長い梅雨《つゆ》がやっとあがって、あつい日ざしが照りかえしている日だった。

素外はうかぬ顔をしていた。

「どうもおかしい」

桃三のまくらもとにすわりこむと、なんどもくりかえした。

「このまえのはなしでは、あすにも正式のご使者が立ちそうなおはなしだった。それが、こんどはただのおまねきだ。お屋敷《やしき》に仕えるとか、姫君《ひめぎみ》がたに算法《さんぽう》をおしえるなどとい

うはなしは、これっぽっちもでてこなくて、ただ、とのさまがおあきちゃんに会って、算法のはなしをききたいといわれる。――どうもはなしがかわってしまった」

素外は、じぶんがもってきた話だけに、いかにもすまないというようすだった。

「でも、そのおりに、おはなしがあるのではありませんか」

多津《たづ》は、母親らしく、よいほうへ解釈《かいしゃく》しようとしていたが、素外は首をふり、

「いや、わたしにはわかる。なんとなくようすがかわったのがね。こいつはひょっとして……」

「いやですよ、ひょっとするとどうしたの

ですか」

こんどのはなしには多津《たづ》がいちばん乗り気なだけに、心配もひとしおだった。

「まあ、これは想像にすぎないが、じゃまがはいったのかもしれないね。わたしはあのお屋敷に藤田《ふじた》さんがお仕えしていることを忘れとった。入江《いりえ》さんはまちがいなくおあきちゃんの味方だが、藤田さんはおあきちゃんにやっつけられた水野なんとかのお師匠《ししょう》さんだからねえ」

「でも、そんな……。算法の実力があればよろしいのでしょう」

「――それがねえ。流派の争いというやつは、どこの世界でもおなじですからな」

素外はしきりと気をもんでいる。このごろやっとおきられるようになった桃三《とうぞう》は、

「もうええ。あんたにそんなに心配させてまで、あきも行きたがらんよ」

と、のんびりといった。あきが、なにをかんがえているのかは、この父親にもわかっていない。ただの娘心《むすめごころ》で、お屋敷にでようとしたのだと思っている。

あきの方は、すこしばかり気がせいていた。近所の人からは、顔をみると、「お屋敷へあがるのはいつですか」ときかれる。それはかまわないとしても、病気の父が診察《しんさつ》に

でないから、お金がはいってくるあてがなかった。家賃だけでなく、米、みそなどの借りも、かさむばかりだった。

素外《そがい》には、あきの気もちがよくわかっている。

「おい、千葉。おあきちゃんの算法の実力を、世間にしらせるうまい方法はないか。あったらおしえてくれよ」

と熱心にいった。桃三はうでをくんで、あいかわらず、のんびりあいてになった。

「そうだなあ。算額《さんがく》――例の、おあきがこんどのはなしのもとをつくった、あれさ。それから、本を出すことだな。算額は手がるだが、見る人もかぎられている。その点、じぶんの研究を版木《はんぎ》にして出版するのが、いちばんいい。どんな遠くの人の手にもとどく。いそがしい人も、ひまをみてゆっくり読んでくれる。だが……」

「だが――なんだ」

「費用がかかるでなあ」

と、桃三も、そうなると元気がない。

「読みものとちごうて、買う人がかぎられとるで。せっかく版木をおこしても、もとがとれんよって——版元《はんもと》はよろこばん。算書（数学書）をだすときは、かかった分のおおかたを、書いたものがもつんや」

「それはそうだな」

素外《そがい》も句集を出版するので、そうした事情をしらないわけではなかった。

「このあいだも、算書が一冊出たけどな。百冊ちょっと刷って、三両近《ちこ》うかかったそうや」

一両で、だいたいひとり一年間の飯米が買えたから、これはなかなかの大金であった。

「それでな。その算書に問題を発表した仲間が、一題について、二朱《しゅ》（一朱は一両の十六分の一）か三朱ずつ、金を出しあったそうや」

「そうか。みんな、なかなかたいへんだな。しかし、算書をだせば、やはりそれだけのことはあるだろう」

「それはそうや。名があがる」

「よしっ。そんなら、それでいこう」

「そやかて……」

「心配せんでもいい。わたしがかかった分は出すわい」

「そんなめいわくかけては、申しわけがないわな」

「水くさい。わしとあんたの仲じゃないか」

そういわれると、桃三《とうぞう》も、それ以上ことわるのは、遠慮《えんりょ》がすぎるような気がした。

素外の日ごろのおこないをしっているせいでもあった。素外は、俳句仲間でもせわずきで有名だった。先輩のために句碑《くひ》をたてたり、仲間の句集をつくるせわをしたり、いつも人のためにはたらくのを、たのしんでいるようなところがある。

「そんならおおきに。なあ、おあき。出してもらおか、本を……」

しかし、あきは、そうあっさりと素外の申し出をうけるわけにはいかなかった。

「わたし、本を出すほどの実力、まだないんですもの」

「そんなら、こうしたらどうだい。おとうさんにおしえてもらったことを、おとうさんといっしょにまとめるという形にしたら」

素外は、どこまでもくいさがった。それならできそうでもある。だが、あきがしぶるのには、もうひとつの理由がある。

（そんなにまで、おじさんのせわになっていいのかしら。そんなにまでして、お屋敷へあがらなくても、もっとわたしがお金をはたらきだす工夫《くふう》はないものかしら）

あきの心のなかのためらいを、素外《そがい》はいつものように、すぐよみとったらしい。ちいさい声でいった。

「おあきちゃん。わたしがお金をだしてあげるのは、あんたをお屋敷へあげたいばかりではないよ。上方の算法――関流《せきりゅう》の本すじでない算法を習った、それも武家でもない町の娘のあんたが、これほどの算法の実力をもっていると、天下にしらせてやりたい。それがめあてなのだ。藤田《ふじた》貞資《さだすけ》さんや、それから有馬《ありま》のとのさまを、あっといわせてやるのがほんとうのねらいさ」

（ああ、ほんとにそうだ。ほんとにそうだわ）

あきは、にっこりわらった。

「おじさん、それではおねがいします」

「そうこなくっちゃ。それじゃ、版元をどこにするかなどはわたしにまかせて、あんたはおとうさんと相談して、せいぜいよい算書を出すようにきばっておくれ」

(2)

あつい夏の一日がくれると、横町の人びとは、通りに縁台をだして涼《すず》むのがならわしだった。

「こんばん、うちのまえで花火をやるから見にこない？」

昼間のうちに、けいからさそわれていたので、あきは行水をすませると、のりのきいたゆかたに着がえて、けいの家のまえにいった。

大川からの川風が、掘割《ほりわり》をつたって吹《ふ》きあがってくる。ゆかたの下のすはだが、ひやりとするぐらいだった。

「長つゆでしたが、やっとあがりましたね」

「まったく。これでやっと夏の気分ですよ」

うちわ片手に、縁台でおとなたちがはなしこんでいる。けいも、もうそとへ出ていた。

「おあきちゃん、さっき、例の宗匠《そうしょう》さんがあんたのとこへ、はいっていったけどさ。いよいよお屋敷へあがる日がきまったの？」

けいは、なんでもよく見ている。

あきは、けいが心配すると思ったが、きかれてはしかたがない。素外《そがい》のしらせた話を、できるだけおだやかにはなしたが、けいは、せっかく行水で汗《あせ》をおとした顔をまっかにして、

「まあ。だからお武家なんてきらいさ。なによ、口ではえらそうなことをいって。心のなかでは、なにをかんがえているか、わかりゃしない。そんなところへ行くのはおよし、といいたいけど、おあきちゃん、こうなったら意地ずくだよ。なんでもかんでも、有馬《ありま》さまへ教えにいかなくちゃ。しっかりおし」

と、りきんでいった。

そばの縁台で将棋《しょうぎ》をさしていた、けいの父の長八《ちょうはち》も、胸をはっていった。

「べらんめえ。ねこの子じゃあるめえし、いっぺん、きていただきたいと声をかけて、あれはもうけっこう、毛だらけ、なんて、そんな話があるかよ。やりなせえ。おあきちゃん。これでもかざりや長八、うしろだてになりますぜ」

将棋の相手の、大工の竹五郎《たけごろう》も、いせいよくいってくれた。

「おれだってさあ。なんでえ。神田《かんだ》っ子《こ》が二本ざしに負けてたまるけえ」

あきも、生まれながらの神田っ子ではないけれど、浪速《なにわ》（大阪《おおさか》）の下町の気風《きっぷ》はおなじだった。力で上からおさえてくるものにはりあう気がまえは、父親ゆずりで、すっかりこの町の子になりきっていた。

「おじさんたち、おねがいします」

あきが頭をさげると、

「ああ、ひきうけた。おれでたりなきゃ、あすこにちびもいらあね」

あごでさしたむこうの縁台では、男の子は男の子同士、うでずもうでにぎやかに遊んでいるなかに、竹五郎のむすこの春吉《はるきち》もいた。

「それじゃ、おまえらも、けいきよく花火をあげたり、あげたり」

長八《ちょうはち》が、けいに声をかけた。

「線香《せんこう》花火なんて、みみっちいぞ」

「このごろは火の用心がうるさいから、はでなのはよした方がいいわよ、おとっさん。これでがまんしてよ」

けいが線香花火に火をつけた。煙硝《えんしょう》（火薬）のけむりをすうと、この冬はかぜをひかないといういいつたえに、子どもたちは、いそいでうちわをばたばたつかう。

いつのまにか、近所の遊び仲間の女の子たちが、ぜんぶ顔をそろえていた。線香花火の火の流れが、まるで小菊《こぎく》の花びらのようにかがやくのを、みなで見とれているところへ、

「おたのみ申すし。銀町《しろがねちょう》の千葉桃三《とうぞう》とおっしゃるお医師のお住まいは、どちらだし」

身なりは武家に奉公している若党だが、東北なまりの男が、横町へはいってきた。

「はい。うちですが」

あきが立ちあがると、

「あ。では、お嬢《じょう》さまの、おあきさまでいられるかし。はじめてお目にかかり申すし」

実直そうな若者だった。

「わたくしはハア、本所の鈴木彦助《すずきひこすけ》の宅から、主人の使いで参ったものでなし」

鈴木彦助というのはだれだったか、あきは、すぐにはおもいだせなかった。けいの方がおぼえていた。

「ほら、おあきちゃん。観音さまで会った人。やっぱり、奥州《おうしゅう》なまりの、へんなお直参《じきさん》……」

といいかけて、けいはあわてて、たもとで口をおさえた。若党はうなずいて、

「へえ。ほだし。そのかただし。だんなは山形在の庄屋《しょうや》の生まれなんだが、こっちの鈴《すず》木《き》さまへ御養子《ごようし》にござったんだし。わしも、あっちからお供をしてきたのでなし」

それで、彦助《ひこすけ》が公儀《こうぎ》直参の侍のくせに、東北なまりのことばをつかっているわけがわかった。直参でも、身分のひくいものはくらしにこまっている。そこで、豊かな町家や農家から養子をもらうことにして、そのかわり、養子の家から金銭を援助《えんじょ》してもらうようになっていた。彦助のばあいもそれなのだろう。

「この手紙を、千葉あきさまにお渡《わた》し申せということだったし。ご返事はいらねそうだし。ではまっぴらごめんなすって」

若党があきに手紙をわたしてかえっていくと、ちょっとはなれてながめていた近所の人が、どっと寄ってきた。

「なんの手紙だろう」

「なんて書いてあるのかい」

あきは、手紙を暗やみの中ですかして、

「だめだわ、こんなに暗くては読めないわ」

「ぬかりはねえよ」

だれかが、提灯《ちょうちん》をもってきた。あきは、それをたよりに彦助の手紙を読んだ。漢字がおおいうえに、あかりが暗くて、こまかいところは読みとれないが、だいたいのところは見当がついた。

『――先日は失礼しました。ぜひいちど、お宅へうかがって、いろいろおはなしをしたいと思っておりましたが、公儀御用がいそがしくて、その機会を得ぬままきょうになったことを、ざんねんに思います。

さて、本日、役所で同僚《どうりよう》からみょうなはなしをききました。じつは、水野三之介《さんのすけ》の父親は、わたしどもの上役にあたる大身《たいしん》の旗本なのですが、息子《むすこ》かわいさのあまり、あなたのことをたいそううらみに思っているそうです。そして、千葉あきという娘が有馬《ありま》さまへ仕えるはなしは、なんとしてでもぶちこわしてやると公言しているそうです。そちらのようすも、いろいろしらべていると申しているそうです。どこまでがほんとうかはわかりませんが、一応気をつけられた方がいいとおもいます。わたくしがじきじきお知らせに行きたいのですが、きゅうに利根川《とねがわ》の工事に出かけることになったので、使いをつかわします――』

あきが、この手紙の内容をかいつまんではなすと、みんなは、いっときしんとなった。

「つまり、関流のまわし者がくるというわけなの」

千代がのんびりいうと、けいがあわてて、

「しいっ、大きな声をだしたら、それこそ、むこうのやつに聞かれるよっ」

けいはそういってから、気味わるそうに、

「でも、こわいね。おあきちゃん気をおつけ」

「用心、用心」

女の子たちが、こわさ半分、おもしろさ半分でひそひそはなすのをきいて、こちらは男の子だけでうでずもうなどしていたのが、

「おい、まわし者がうろちょろするって、ほんとうかい」

と、口をだした。

「そうよ、関流のまわし者よ。あんたたちも気をつけてよ、春吉ちゃん」

「よしきた。けどねえ、関流のまわし者って、どんなかっこうしてるのかい。黒ふくめんでもしてるのかな。おけいちゃん、しってるかい」

「ばかねえ、そんなのがこのへんあるいてごらんよ。いっぺんであやしまれちまうわ」

「つまり、ふつうの人のようなかっこうをしてやってくるんだね」

「よし、へんなやつを見かけたら、みんなですぐつかまえちゃえ」

男の子たちの元気のよい声をききながら、あきは、かんがえこんでいた。

（では、あの親切そうな山田多門というお武家が、その、関流のまわし者だったのかし

ら)

そうかんがえれば、あやしいと思われるそぶりはいくつもあった。

(やっぱり人を信じてはいけないのかしら)

あきは、おそろしさよりも悲しさがさきにたった。

「おい、そろそろ五ツ(八時)だよ。もうおやすみにしよう」

どんなにあつい夜でも、よく朝の早いしごとをかんがえて、横町の夕涼みは五ツにはおわる。

「ではおやすみ」

「おやすみ」

ぞろぞろ人びとが散りかけたとき、ひと足先にかえりはじめていた春吉の大声が、むこうの暗がりでひびいた。

「つかまえたよっ、くせものだよっ」

「えっ、間者《かんじゃ》かい。関流の……」

「すこしはなしがうますぎるようだがね」

そういいながらも、おとなも子どもも、声のしたほうへはしりだした。

(3)

横大工町への角をまがった暗がりで、春吉がだれかの上におしかぶさっていた。

「こいつがね。おれがあるいていくと、ぱっと逃《に》げだしかけたんだ。やましくなけりゃ、逃げなくてもいいだろ」

春吉が息をはずませて、説明する。

「おい、提灯、提灯」

さっきの提灯が、またつきだされた。

「やあ、ずいぶん小さい間者だぜ」

十三の春吉とおなじ年ごろの顔だちだが、背かっこうは春吉よりずっと小がらだった。

「しかし、このへんで見かけねえ小僧《こぞう》だな」

長八が、なおも提灯を近づけていった。

「あやしいものじゃありません。はなしてください。逃げはしません」

少年は、はっきりした声でいった。しかし、そのことばであきは気づいた。この子にも松葉屋に泊《と》まっている伊之助《いのすけ》老人とおなじ西国のなまりがあった。

「だれだえ、おめえは……。おい、春、もう逃げねえっていってるし、こう人が大ぜいいては、逃げようたって逃げられめえ。はなしてやんな」

春吉がしぶしぶ手をはなすと、少年は土をはらって立ちあがった。

「万作といいます。おじいさんといっしょに、馬喰町《ばくろちょう》の松葉屋に泊まっています」

(ああ、やっぱり)

あきのおもったとおりだった。提灯のあかりに照らされた少年のみなりは、さととおなじように、ひどくみすぼらしかったが、態度にはわるびれたところはすこしもなかった。

「しかし、馬喰町から、なんでここへやってきたんだ」

竹五郎が、まだ疑わしそうな目で、じろじろ見た。関流の間者ではないにしても、こそ泥《どろ》にでもはいろうとしたのではないか……。

「お礼にきたんです。それから……」

あとは、ちょっと口ごもった。

「お礼にって、なんのお礼だね」

「妹に、まりをもらったお礼です。妹があんまりよろこんでいるので。銀町のお医者の、千葉先生とこのお嬢さんからもらったとききました」

「おあきちゃん、おまえのことだろ」

長八があきをふりむいた。

「まあ、あのまりのことで、わざわざお礼になんかこなくていいのに」

「いいえ。そのうえ、みんなにいろいろ勉強教えてもらってるから……。ほんとうのことというと、おれも、九九《くく》やいろいろなこと、教えてほしいんで……。おれ、読み書きだけは、おじいさんに習ってなんとかできるんだけど、算用《さんよう》（数の計算）のほうはぜんぜんだめなんです。九九って、とてもべんりだって、文吉《ぶんきち》がおしえてくれたから……。おれにも算用のこと、教えてもらえないだろうかとおもって……。でも、昼間ははたらきにでてるから、夜しかくるひまないんです」

「ふうん。おまえさん、勉強ずきだな」

長八が感心すると、竹五郎も、

「春。おまえもちっとは見習ったらどうだ。なにかというと手習いを逃げたがって」

と、春吉をしかった。

「うん。――だけどさあ、そんならなんでさっき逃げだしたんだ」

春吉は、せっかくてがら顔をしていたのが、みょうなぐあいになったので、不満だった。

「すみません。夜だからもっと静かだとおもったら、夕涼みの人たちがあんまり出ていて……。もどろうか、とおもっていたら、この子に、どこへ行くと声をかけられたんです。それで、はずかしくなって、逃げだしたんです」

「なぜはずかしい？」

「あんまり、みっともないかっこうだったから」

春吉があらいたてのゆかたを涼しそうに着ているのに、万作はまだ汗くさい、土やごみのついたももひきをはいていた。

「なんでえ、男の子が身なりなど気にすることはあるめえに」

と、竹五郎はいったものの、万作が気のどくになった。

「こうとわかりゃ、春がわるい。春、あやまれ」

「ごめんよ。おれ、ちょっとかんちがいしてたんだ」

春吉は、ぴょこりと頭をさげた。

「いいんだ。おれも逃げだしたりしたんだから……けど、間者とかいってたが、なんのこと？」

そこは男の子同士の気やすさで、気にかかっていたことをたずねた。

「なんでもないんだよ。このおあきちゃんが、有馬《ありま》さまのお屋敷へあがるのを、じゃましようってやつがいるらしいんでね。みながさわいでたのさ。おめえにはかかわりないことがわかったから、いいんだよ」

「有馬さま？」

万作の目が、きらりとひかったように、あきにはおもわれた。

「なにか、しってるの？」

「ううん」

万作は、はげしく首をふった。

「そう、そんならいいわ」

聞いても、はなさないだろう。あきは、問いつめることはしなかった。

「そんなに九九が習いたいの？　そんならうちへくればいいわ。——けど」

あきは、以前から気になっていることを聞いてみた。

「ねえ、万作さん。あんた、雨の日にもよくしごとがあるわね。昼間はいつもいないけど」

万作は、ちょっとうつむいていたが、

「ええ、さがせばあるものです」

小さい声でいった。あきはそっとおもっ

た。

（やっぱり、この子もなにかかくしてるわ）

万作がかえっていったあとも、近所の人はしばらく家へはいらず、立ち話をしていた。桃三《とうぞう》とはなしこんでまだかえらずにいた素外《そがい》も、間者さわぎにとびだしてきて、万作のようすを見ていたが、

「育ちのいい子のようだが」

と首をかしげた。

「ちがいねえ。木賃宿にとまるがらじゃねえ」

長八もうなずいた。

「きっと、わけがあるのだろうね」

「宗匠」

そばから竹五郎が口をはさんだ。

「どだい、あの宿に泊《と》まってる人らには、みんなわけがあるんでさ」

「きかないが親切というものか。なるほど」

わざくらべ

(1)

江戸《えど》にはお稲荷《いなり》さんがおおい。

「江戸におおいもの——伊勢屋《いせや》、稲荷に、犬のくそ」といわれるぐらい、ちょっと角をまがればもう目につくのがお稲荷さんで、中には、家の軒《のき》さきをちょっと借りただけのほこらもあれば、広い境内《けいだい》に赤い鳥居をびっしりならべた堂々たるものもある。

掘割《ほりわり》ぞいの竹森稲荷は、川風は吹《ふ》きあげてくるし、植《う》え込《こ》みもあって、夏でも涼《すず》しいかげをつくっていた。

その木陰《こかげ》で、きょうは松葉屋の子どもたちが勉強していた。あきが声をからしている。

「だめよ、そのちゃん。つるちゃんとけんかしたら。あ、文吉《ぶんきち》さん、その問題できた？　では次はこれよ、読める？」

「うん、全部ひらがなに書きなおしてくれてあるね。これなら読めるよ。ええっと——ある長者が下男になんでも望むものを申せといった。そこで下男は、米一つぶを、ついたちからみそかまで、まい日まい日一倍（二倍）にしてくださいといった。これをきいた長者はおおいにわらった。——ほんとに、ずいぶん欲のない下男だね」

「たいていの人がそう思うわね。だけど、どうかしら」

そういいながら、あきは、人待ち顔にあたりをみまわしていた。あきのまっているのは、山田多門である。

はじめは、あきが少しいたずらっぽい気もちでむりにたのんだかたちだったし、多門も、一日だけといいながら、いつも、きょうだけ、きょうだけといって、ほとんどまい日のようにかよってくるのだ。

「おあきちゃん、この下男、もらうのはせいぜい米一俵だね」

文吉がそろばんをはじきながらきく。

「さあ、どうでしょう」

と、こたえながらも道のほうばかり見ているのは、やはり、ゆうべの彦助《ひこすけ》の手紙が心にひっかかっているからだった。

しかし山田多門は、いつもとかわらぬようすで、汗《あせ》をふきふき姿をみせた。

「あまりあつい日なので、きょうはきていただけないかと思っていました」

あきはそんなふうにいってみた。

「いや、あなたの熱心なようすや、子どもたちの勉強ぶりを見ていると、とてもじっとしてはいられんので」

「でも、三田からではたいへんでございましょう」

山田多門のはなすところによると、いま、三田にある親戚《しんせき》の家に泊《と》まっているということだった。

「いや、よい足ならしですから。さてきょうは、実語教《じつごきょう》のつづきでもしますかな」

子どもむきの、道徳と読みかたをいっしょにしたような教科書をひろげたが、あきの算法《さんぽう》の問題集を見て、

「その帳面には、なにが書いてあるのです」

「わたしが父に習った問題の中で、おもしろそうなのを集めたのです」

「ちょっと見せてもらえますか」

「ええどうぞ」

多門はうけとると、熱心によみはじめた。

「――ここに商人が三人いる。ひとりは奥州《おうしゅう》へ行って、十六日めにかえる。ひとりは西国へ行って、二十四日めにかえる。のこるひとりは近国へ行って、五日めにかえる。三人はかえったよく日、またおなじところへ旅だっていく。この三人が一度顔をあわせてから、次にまたあうのは、なん日めか。――ほう、こんなことも、たちどころにわかる

ものかなあ、算法で」

「はい、計算すれば……」

「ふーむ」

しばらくかんがえこんで、

「わたしは学問といえば、聖賢《せいけん》の教え（儒教《じゅきょう》）だけとおもいこんでいたが、このあいだから、あんたの教えているようすを見ているうち、算法もおもいがけず奥《おく》ふかいものだと気づきました。算法といえば、商人が利を得るために用いる、いやしいわざと、世間では考えがちだが、考えをあらためねばなりませんな」

「そうですとも」

あきはこのときとばかり、算法のほんとうのありかたを説明した。

「こんな問題は、まだ算法の序の口です。もっとさまざまのことがわかります。複雑な図形の性質をとくこともできます。それで、わたし、いま父から習ったことをまとめて、本を作っていますの。この問題もぜんぶいれて……」

といいかけて、あきは思いきって、とくにゆうべからききたくてたまらなかった質問をしてみた。

「あなたさまも、算法のこと、ごぞんじではありませんの。関流《せきりゅう》の、藤田《ふじた》貞資《さだすけ》先生など……」

しかし、山田はこの質問には、まったく気がのらないふうだった。いつかのどぎまぎしたようすは、まったく見られなかった。

「はあ？　その人、どんな人です？」

さっきの、あきの問題集を見ての感心のしようも、とてもわざととはおもえない。やっぱりこの人は、関流や水野三之介《さんのすけ》とは関係がないと思ったほうがよさそうだ。あきは、疑ってわるかったとおもった。

「おあきちゃん、まいった」

文吉がそろばんに指をおいたまままさけんだ。

「十日めは五一二粒《つぶ》、ちょっとふえたなと思ったけど、まだよかった。――十五日め、一六三八四粒で、二十日めには五二四二八八粒……。これじゃ、ひと月ではいくらになるんだろ」

「あのね。五三六八七〇九一二粒……。俵になおすと、約二一五俵になるわ」

「うへえ、数って、こわいんだねえ」

そばで、多門も感心してきいている。

「みじかいあいだに、この子らも、よくおぼえたものですな」

「みんな、おりこうなんですもの」

「百姓《ひゃくしょう》の子などに、なにがわかるかと思うていたが……」

あとのほうは、ひとりごとのように、口のなかでつぶやいていた。

(2)

「いいですか、おとうさん。では、この円周率《えんしゅうりつ》のかんたんな説明は、本のいちばんはじめにもってきますよ」

「うん、それから、ある長者の米つぶの問題をいれてな」

あきと桃三《とうぞう》は、蚊《か》やりの煙《けむり》のなかで原稿《げんこう》のうちあわせにいそがしい。

「おやまあ、ふたりともあきれてしまうわ。算法の本もだいじでしょうけど、あしたは

あきが有馬《ありま》さまへうかがう日なのですよ。もう九ツ（午前零時《れいじ》）にちかいのに、あなたもあしたのことをおもったら、あきをねかせてくださいな」

母の多津《たづ》がさっきからおなじことばをくりかえしている。

有馬家からの招きを二、三日まえ素外《そがい》がつたえてくれたが、夕涼みの夜、気にしていたように、これは召《め》しかかえとは関係なく、ただ、算法の話をしにくるようにということだった。

「しかし、行かないことには話にならんからね。行っておあきちゃんの実力をみせて、お武家がたをびっくりさせるか」

素外のことばに、あきも異存はなかった。多津は、娘の晴れの日のために、おおいそぎであたらしいきものをしたてたり、当人いじょうにいそがしがっていたが、あきはといえば、このあいだからかかっている算法の本のまとめのほうに熱心だった。

「円周率の初歩のほうの説明は、おまえが書いたんやな。読んでみな」

「はい」

あきは声をだして読んだ。

「――円周率は、むかしは直径一に対して三としていたが、もちろんこれは正確ではない。直径一に対して、三・一四二とするのがより精密である。つぎに、円周率の正しいもとめかたをのべる。まず円に正四角形を内接《ないせつ》し、これを正八角形、十六、三十二、六十四……というように、しだいに倍にして十万余角にし、角数を辺の長さにかければよい。こうやって計算すると、直径百十三に対して、周三百五十五という数がえられる。しかし、これもほんとうに精密な数ではないのである」

「それでよしと。それから、わしが本の最後に、この多角形による方法をつかわないで円周率をもとめる計算の公式をのせるわけや。ああ、それ、それ」

あきが原稿の箱のなかから、一枚をとりだした。それは、円周率を今日の用語でいえば、無限級数《むげんきゅうすう》であらわす計算の公式であった。

円周率――円周の長さの直径に対する比については、これが数学上のさまざまの研究の基礎《きそ》になるものなので、西洋でも東洋でも、ふるくから研究がおこなわれていたが、わが国の算法家たちも例外ではなかった。

わが国では、ながいあいだ三・一六という数が用いられていた。これは、わが国に残るいちばん古い算法の本『割算書《わりざんしょ》』（一六二二年）をあらわした毛利重能《しげよし》という人の研究によるもので、それからずっとのちに、村松茂清《しげきよ》という人が、寛文《かんぶん》三年（一六六三年）に、三・一四を発表するまで、ながいあいだ三・一六ないし三・二がひろく使用されていた。

じつのところ、おとなりの中国では、紀元四百五十年ごろ、祖冲之《そちゅうし》という学者が、三・一四一五九二六まで精密な数をだしているのだが、日本では中国からたくさんの算法の本を輸入したのに、どうしたことかこの精密な円周率だけはつたえられなかった。

わが国で円周率のより正しい数値をさいしょに研究したのは、やはり関孝和《せきたかかず》であった。

関孝和の死後、その高弟が遺稿をまとめ出版された『括要算法《かつようさんぽう》』（一七一二年）という本には、あたらしい円周率が発表されており、円周率三・一四一五九二六五三五九弱という数値が出されている。しかし、この円周率も完全なものではなかったので、のちにかれの弟子《でし》や孫弟子たちが、つぎつぎにすぐれた研究を発表していた。

「そやけど、この鎌田《かまた》先生の工夫《くふう》された計算の公式よりええものは、まあるまい。わしは先生にかわいがられたので、とくべつに写本をいただいたのや」

桃三《とうぞう》はじまんしたが、それだけに計算の公式につけた解説は、かなり気負ったものだった。

『これは秘中の秘の公式である。じつにみごとにできていて、だれにも教えられぬほどのものであるが、自分が死んで、これが忘れられてはあまりにざんねんだから、ここに世間に発表し、天下と後世につたえる』

「それで本の題は？」

「おまえの本や。おまえがきめたらええ」

「では、女の子でも算法ができますと、『算法少女《さんぽうしょうじょ》』ではどうでしょうか」

「うん。そりゃええ。そりゃええ」

そこへまた母の声がひびいた。

「おあき。もうねなさいよっ」

「はあい」

あきは首をすくめた。

(3)

翌朝は、秋のけはいのしのびよる、さわやかに晴れわたった日になった。

「それじゃ、おあきちゃん出かけようか」

まだからだのぐあいのよくない桃三《とうぞう》は行くのをやめて、谷素外《そがい》がついていってくれるのだった。

「よろしくおねがいします」

「たのみますよ」

多津《たづ》と桃三がていねいに頭をさげるのに、

「なに。おあきちゃんが万事ちゃんとやりますよ。わたしは算法はしろうとなのだから」

と、素外は気さくにわらった。

日が高くなるにつれてさすがにあつくなったが、札《ふだ》の辻《つじ》までくると、高輪《たかなわ》まではもう一足である。海ぞいの道で、吹く風は気もちよく、足のはこびもかるくなった。

「おあきちゃん、胸がどきどきしないかい」

「なぜですか」

「身分のたかいおかたに会うからさ。なにせ、あいては大名だ」

「そんなことより、わたし、とてもむずかしい問題でも出されて、答えられなかったらとしんぱいなんです。でも、どんな問題が出るか、ちょっとした楽しみですわ」

「えらい度胸だなあ」

はなしをしているうちに、有馬家《ありまけ》の屋敷《やしき》へついた。

門番に用むきをいって奥へとおされたとき、あきはおやとおもった。あんないされた座敷に、もうだれかきていた。ひとりはあきとおなじ年ごろの少女なので、あきはおも

わずあんないしてきた侍《さむらい》にきいた。

「あのかたは、だれですか」

「中根宇多《うた》どのだが、ご存じではなかったか？」

侍は、きょうの集まりについて、あきがすでになにもかも知っていると思っていたらしい。意外そうなようすで、

「殿《との》が、ふたりに会って算法の話をいろいろききたいといわれたのです。宇多どのは関流の算法の達人だそうです」

と、おしえてくれた。

あきは、鈴木《すずき》彦助《ひこすけ》の手紙をおもいだした。

（わたしのじゃまをしようと思って出てきたお武家の娘《むすめ》ね）

と、おもうと、なんだかいじのわるい娘に見えてきた。

あきは、形だけ目礼をすると、宇多の反対側に、うんとはなれてすわった。宇多もあいさつをちょっとかえすと、ちらとあきを見たきり、じっとうつむいている。宇多のそばにすわっている侍が、じろじろとあきをながめた。

（いやな感じの人）

と思っていたら、素外《そがい》が、

「これは藤田《ふじた》先生でしたか。きょうはこのお嬢《じょう》さんの御後見で……。ご苦労ですなあ」

とあいさつした。

それではこの人が関流の宗統《そうとう》、藤田貞資《さだすけ》なのか。——つきあいの広い素外は、この算法家とも顔みしりのあいだがらしいが、あきはもちろんはじめてである。あきは、あらためて藤田貞資を見なおした。貞資もじっと見かえした。聡明《そうめい》そうな目に、はげしいにくしみが燃えていた。

「素外どのも、畑ちがいの算法の話に、ご苦労な」

「いえいえ、子どものことですから、畑ちがいのわたくしでも十分つとまりましょう」

そんなことに、算法の大家の藤田貞資が出てくるとは大げさな、という皮肉がこもっていた。それに気づいて、貞資はかすかに眉《まゆ》をひそめた。

やがて頼徸《よりゆき》があらわれた。

祖父が孫にものをきくような、やさしいいいかたで、ふたりに年齢《ねんれい》や、いつごろから算法をはじめたか、などとたずねた。

あきも、宇多《うた》も、算法家の父や兄をもっていて、いつごろからともわからぬ小さいときから学びはじめたという点で、おなじだった。

「ふたりともまだ小さいのに、なみなみならぬ算法の名手というには、それだけの理由があるのだな。ではひとつ、わしに、そのわざのほどを見せてもらおうか」

頼徸はおだやかな微笑《びしょう》をうかべていった。予想はしていたことであり、あきはあわてなかった。宇多もおなじであったろう。ふたりとも、

「はい、どうぞ」

と、へんじをした。

「それでは」

頼徸がかたわらの家臣に目くばせすると、家臣は立って、違《ちが》い棚《だな》から黒ぬりの文箱《ふばこ》をもってきた。文箱のなかには、封《ふう》をした二通の紙包みがはいっていたが、あきと宇多のまえにくばられた。それから、筆記用具と算木《さんぎ》、算盤《さんばん》、そろばんなどの計算道具が、となりの座敷からはこびこまれた。

「では、封をあけるがよい」

包みは頼徫《よりゆき》の印章で封印してあった。

問題は、一題だけだった。大小数個の円をえがいた横に、問題が書いてある。現代風のことばになおせば、

『円のうちに、大円二個、小円二個が接した形があるが、それらの大円小円は、またおたがいに接している。いま、いちばん外側の円の直径を七寸、内に接している大きい方の円の直径を三寸としたら、小円の直径はいかほどか』

こういう問題である。

(勾股弦《こうこげん》の定理を使えばいいわ)

あきの学力では、さほどむずかしい問題ではない。宇多《うた》のほうをちらとうかがうと、宇多もほっとしたようすであきを横目で見た。

勾股弦の定理は、直角三角形の三つの辺を、それぞれ勾《こう》、股《こ》、弦《げん》と名づけ、弦(直角に対する辺)の二乗は、直角をはさむ二辺、勾と股のそれぞれの二乗の和にひとしいという――つまり、現代の中学生が習うピタゴラスの定理(三平方の定理)と、まったく

おなじものなのである。

この定理は中国からの書物を通じて、ひじょうに古くから日本の算法家にしられ、このんでよく使われていた。

(4)

どのくらいの時がたったろうか。

木々が朝日に長い影《かげ》を作っていた奥庭に、いつか、真昼の日ざしが照りつけていた。

(できたわ)

あきの力のほうが、わずかにすぐれていたようだった。あきは、計算用紙から解答をていねいに清書した。

「小円の直径は二寸八分」

筆をおいて、

「できあがりました」

と頭をさげた。ほんのわずかおくれて、宇多も筆をおいた。

「わたくしもできました」

ふたりの解答を、家臣たちがうやうやしく頼徸《よりゆき》のところへはこんだ。

頼徸はていねいにふたりの答えを読んでいったが、やがてあかるい声でいった。

「ふたりともさすがだな。計算の方法に多少ちがいはあるが、ふたりながら正答である。計算法も、甲乙《こうおつ》つけがたい。ようやった」

これは、勝負の世界でいう、ひきわけである。しかし、ひきわけにしても、谷素外《そがい》のほうは、まるで勝ったといわんばかりに顔をほころばせ、藤田《ふじた》貞資《さだすけ》は、にがりきった表情になった。

貞資にしてみれば、天下の関流を学んだものは、他流に対して、かならず勝たねばならず、勝つのが当然なのである。ひきわけでは、負けたとおなじことではないか。

頼徸も、ふたりをほめてから、ちょっとかんがえるように、

「ふたりにとっては、さっきの問題はあまりにたやすすぎて、はりあいがなかったようだな。どうだ、もういちど、わしが問題をだそう」

「ようございます」

「おねがいいたします」

あきと宇多《うた》は、またほとんど同時に答えた。

「これはよい返事だの」

頼徸はきげんよくいってから、

「こんどのものは、すこしむずかしいものにしよう。そのかわり、わからなければだれにたずねてもよい。教えてもらったことがよく理解できればそれでよいぞ。それから、その考えはだれが思いついたのかということがわかればそれでよい。家へもどって、まずゆっくりかんがえてみよ」

あきと宇多《うた》は、顔をみあわせた。だれにきいてもよい、とは、またどういう意味だろう。ひとにたすけてもらったのでは、本人の実力がわからぬではないか。

しかし、藤田貞資《ふじたさだすけ》には、頼徸《よりゆき》のねらいがなんであるかが、すぐ見当がついた。

(殿さまは、あきと宇多という、ふたりの少女の実力というより、関流と他の流派の実力を、試みようとされている)

勝たねばならぬ。——貞資はくちびるをかんでいた。

「問題は、かえりがけにわたそう。くつろいでいくがよい」

茶菓《さか》がはこばれた。頼徸は、なおもふたりに、いろいろ算法のことをたずねていたが、いきなり、

「ときに、ふたりは『拾璣算法《しゅうききんぽう》』という本をしっているか」

と、いった。

本の名は、ふたりともよくしっていた。

「読んだことはあるかな」

「その本でしたら、中根一族でも、彦循《げんじゅん》の家にはございますが、わが家にはございませ

んから、ときどき見せていただきにまいりました」

と、宇多がこたえた。

「長崎《ながさき》に参りました兄がよい本だと申しておりましたが、わたくしは読んだことはいちどもございません」

と、あきもこたえた。

　非常に高価な本であった。

「そうか。では、きょうのほうびに、ふたりにあの本をつかわそう。もっとも、きょうは目録だけで、あとで使いのものにとどけさせるが。これは、わが藩《はん》の家臣、豊田文景《ぶんけい》というもののあらわした書物だ。いままでなかなか文章にされなかった関流の点竄術《てんざんじゅつ》の方法を、はっきり説明している。あきの計算法は関流とすこしちがっているようだが、これを読めば役にたつこともおおかろう」

「はい、ありがとうございます」

　かしこまって答えながらも、あきはおかしかった。

（「わが藩の家臣、豊田文景というもののあらわした書物だ」などとすましていらっしやるわ。ごじぶんでお書きになった本なのに……)

宇多《うた》も、もちろんこの本のほんとうの著者をしっているらしく、それらしいそぶりをみせた。

点竄術《てんざんじゅつ》というのは、方程式の筆算による解きかただった。算木による解きかたの天元術《てんげんじゅつ》より一歩進んだ課程だが、ながいあいだ、これをわかりやすく説明した本がなかった。

頼僮《よりゆき》も微笑しながら、

「これからふたりにだす問題についても、解答のひとつはこの本にでている。参考にするがよい」

とだけいった。

あきと素外《そがい》が、家臣に案内されて長廊下《ろうか》を玄関《げんかん》にもどったとき、廊下のすみで立ちばなしをしているふたりの武士とすれちがった。なにげなく横をとおって、あきはびっくりした。侍のひとりが、山田多門にあまりにもよくにている。たしかめようとしてちかづいたら、むこうもはっとしたらしい。はなしをとちゅうでうちきると、そそくさととなりの座敷へはいっていった。

あきは、案内役にたずねた。

「いま、そこではなしていられたおふたりのうち、ねずみ色のかみしもを着たかたのお名まえは、わかりませんでしょうか」

その人は親切な人であったらしく、立ちばなしの相手のところへいって、たしかめてきてくれた。

「吉田郁之進《いくのしん》というものだそうです。ふだんは赤羽橋の上屋敷《かみやしき》へつとめているのが、きょうはこちらへ御用《ごよう》できたもので、いま、急用ができたといって立っていったが、おしりあいのかたかな。伝言でもあれば、つたえて進ぜよう」

「いいえ、わたしのしっている人によくにていましたので……。人ちがいのようです。どうもすみませんでした」

「さようか。世間には、よくにた人がおおいからな」

まね

(1)

「どうだった、首尾《しゅび》は？」

さすがに桃三《とうぞう》も、あきのかえりを待ちかねていた。

「殿《との》さまはとてもやさしいかたで、たのしかったわ」

あきは、山田多門によくにた侍《さむらい》のことは、だまっておいた。

「ただ、関流《せきりゅう》の方から、わたしとはりあってやはり女の子が出てきたんです」

「それで、どうだったときいているんや」

桃三は、せきこんできいた。

「殿さまが、ふたりに問題をお出しになりました。問題は勾股弦《こうこげん》の定理をつかえばよいので、らくに解けましたけれど、むこうも解きましたから、ひきわけでしょう。それで、殿さまがもうひとつ問題をだされました」

あきは、ふろしきから、かえりがけにわたされた封書《ふうしょ》を出した。

「はやくあけて、読んでくれ」

「はい」

あきも胸をどきどきさせて封を切った。

『円周率《えんしゅうりつ》の精密な数の求めかたを問う』

問題はこうだった。

「しめたぞ」

桃三は、きゅうに元気になった。

「おあき。それはあれや。ゆうべやっとった、あの鎌田《かまた》先生の公式を出せばええんや」

あきも、そのことはすぐ気づいていた。

「やっぱり、有馬《ありま》の殿さんはえらいな。ええ問題を出しなはったわ。この答えとしては、

鎌田《かまた》先生のものほど精密なのはあらへんやろ。おあき、はよう原稿もって来な。もう、うつして出せばええだけや」

あきは、父にいわれるままに、『算法少女《さんぽうしょうじょ》』の原稿をもってきて、さいごの円周率の公式をうつしはじめたが、ふと気になった。

「おとうさん、どうしてこれをみちびきだしたのか、理由の説明がありませんが」

「あほやな。こういう秘中の秘のことは、ぜんぶ発表してしまわんものや。おまえには、あとでゆっくりおしえるで、とにかく、はよう答えを殿さんにとどけやな」

(そんなものかな)

あきは、みょうな気がしたが、父のことばにしたがって、答えをうつしあげた。

「そんなら、あしたにでも谷のところへ、この答えと、『算法少女』の原稿《げんこう》をとどけてくれや」

そういってから、じぶんの頭をぽんとたたき、

「あかん。おまえの首尾のことばっか気にして、さっきおまえにとどいた手紙のこと、わすれとった」

「長崎《ながさき》の兄さんからですか」

このごろずっと、兄からの手紙がとどいていない。

「ちがう、ちがう。そら、れいの奥州《おうしゅう》なまりというお直参からきたのや。鈴木《すずき》さんな、あのお人、いま利根川《とねがわ》の作事場《さくじば》においでなさるらしい」

父からわたされた鈴木彦助《ひこすけ》の手紙は、いかにもしごとのひまに書かれたらしい、はしりがきで、

『――利根川改修の工事がはかどらず、当分こちらをはなれられそうにありません。れいの有馬家《ありまけ》からの話は、どうなっていますか。気になりながら、遠方のこととて、どう

することもできません。それで、思いついたことをおしらせします。あなたは、本多利《とし》明《あき》という算法家をご存じですか。この人は、関流の教えをうけた人ではありますが、流派にこだわらぬ考えをもつ、かずすくない算法家のひとりです。まだ若い人ですが、小石川の音羽《おとわ》に塾《じゅく》をひらいて、すぐれた弟子《でし》をたくさんそだてています。わたしも正式に入門したわけではありませんが、わからぬことがあるとよくききにいきました。弟子でもないのに、こころよくおしえてくれました。あなたも、もし思いあまることがあったら、いって相談されるとよいとおもいます。わたくしからも手紙でたのんでおきます』

そして、むすびのところに、

『関流の算法家たちのおもいあがりを、力をあわせてこらしめたいとおもいます』

と書きくわえてあった。その手紙を父にみせ、

「ご親切はありがたいけど、このかた、ほんとのめあては、関流をやっつけたいのですね」

と、あきがちょっと迷惑《めいわく》がると、

「ええやないか。せっかく親切にいうてくれはるのや。めあてはなんでも」

と、父はのんびりといった。

夕方ちかくなると、きょう松葉屋の子どもたちの勉強をみてもらうのをたのんだ、けいと千代が、ようすをききがてら寄ってくれた。

「おあきちゃんがいなくて、算法のほう、心ぼそかったけど、なんとかそろばんはおしえたわ。それで、どうだった？　うまくいった？」

けいも、じぶんのことのように心配してくれている。

「ふーん。中根宇多《うた》なんて、お武家のへんな子が出てきたのね。にくらしい」

千代もふだんはおとなしいが、

「いやな子ね。にらんでやればいいのに」

といったりした。

「でも、おあきちゃん。こんどの問題ができたらいいんだろ。あとひとがんばりだから、しばらくは松葉屋のほうはおやすみなさいよ。わたしたちがひきうけるから」

けいのことばは、たいへんたのもしい。

「そうね、おねがいするかもしれないわ」

あきも、ちょっとつかれていた。それから、気がかりなことをきいてみた。

「あのね。よく手伝いにきてくれる。山田さんというお侍《さむらい》、来た？」

「ううん。こなかったわよ。子どもたちも、いつもきてくれるのに、どうしたのかしらとさびしがっていたわ。きっと、きゅうな用でもできたのね」

しかし、あきは、もうあの人は子どもたちのところへ、けっしてこないだろうとおもった。

（やっぱりあの人は、ほんとは吉田という有馬《ありま》さまの御家中《ごかちゆう》にちがいないわ）

その人が、名まえをかくしてまで、なぜあきにちかづいたのだろう。やはり、こんどあきが有馬家へあがることに、関係があるとしか思えなかった。

それがもし、有馬頼徸《よりゆき》に命じられてしたことなら、あきの答えについても、公平な目で見てもらえないのではないだろうか。

しかしあきは、じぶんですぐうちけした。

（そこが算法のいいところ。だれがなんといおうと、正しい答えは正しいのだから）

翌日、素外《そがい》のところへ二つの書きものをとどけると、すっかり気がかるくなって、午後から松葉屋へでかけた。思ったとおり、山田多門と名のる浪人《ろうにん》の姿はきょうも見えなかった。けいが、ひとりでみなの相手になっていた。

「やっぱり、きてしまったわ」

あきがわらうと、

「たすかった。ひとりでこまっていたのよ」

さとも、はしりよってきた。

「おけいねえちゃんもいいけど、やっぱりおあきねえちゃんに習いたい」

といって、けいに、わらいながらにらまれたりした。

「それじゃ、きょうはだいぶおそいから、おもしろい問題をかんがえましょうね」

――小石を三十まるくならべ、はじめの石を定め、五つめにあたる石をとり、またその次より五つめにあたる石をとりさっていくと、さいごにのこるのは何番めの石か――

こういうたのしい問題も、子どもたちにはよろこばれた。

「十番め」

「五番め」

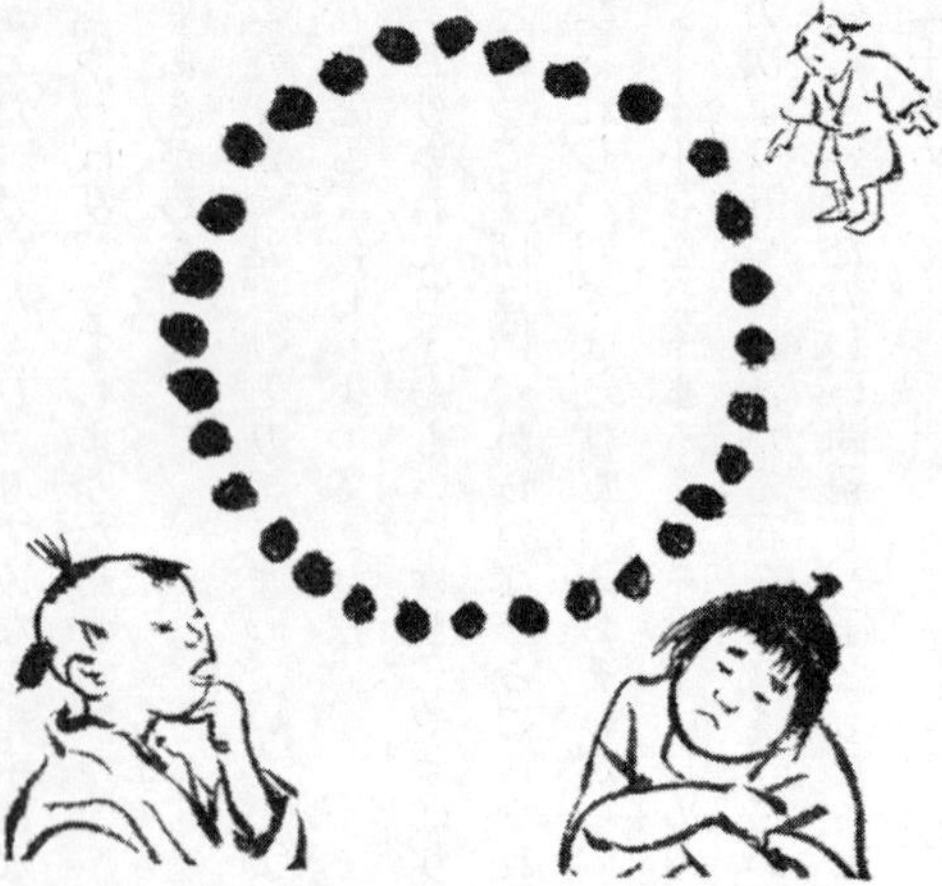

「だめよ。でたらめいっちゃ」

にぎやかに勉強しているところへ、春吉《はるきち》がやってきた。

「ねえ、たのみがあるんだけど」

「あら、なにかしら」

「おいらにも、算法おしえておくれよ」

「あんたは、ちゃんと寺子屋へいってるじゃないの。おっかないので有名な、雷師匠《かみなりししょう》のとこでしょ」

と、けいがいった。

「うん、——だけどね、あそこはお師匠さまがお武家の出だから、そろばんをほんの少しやるだけで、あとは『童子教《どうじきょう》』だの『実語教《じつごきょう》』などばかりさ。大工には、こうばいの計算なんかするのに、いろいろ算法がいるんだ。おとっつぁんがしごとからかえってておしえてくれるけど、だめさ。どなってばかりいて。このごろ、町内で評判なんだぜ、松葉屋の算法塾ってさ。だから、おいらにもおしえておくれ」

「わたしは、かまわないけど、ここは松葉屋さんに泊《と》まってる子のためだから、ほかの子がきていいかしら」

あきがこたえる。

「そんなら、おいらが松葉屋のおじさんにたのんでくるよっ」

春吉は帳場へでかけたが、うまく話をまとめてきたらしい。

「いいってさ。そんなに評判なら、こっちもうれしいっていってたよ」

「じゃあ、そこへすわって。木の高さをはかる方法からでもはじめましょ」

(2)

松葉屋の、あきの算法塾には、それからもまい日のように新入りをたのむ子がつづいた。

その日も、通りの薬種屋《やくしゅや》の子の鶴吉《つるきち》と、呉服屋《ごふくや》の子の市太郎《いちたろう》が、おれたちも入れてもらえるかい、とやってきた。

「まあ、よくくるわねえ、あんたたちでしめ切りにするわ」

「まだ、ほかにも来たがってるやつ、大ぜいいるよ」

と鶴吉がいうので、あきはあわてて、

「こまるわ。ここではいりきれないわ」

「いいってことさ。うちのとうさんがいってたよ」

市太郎がいう。

「うちの持ってる長屋が一軒《けん》あいてるから、なんならそこを使ってもらえって」

「ほんと？　それなら安心だけど」

「それからね。やっぱりとうさんがいってたけど、ただで教えてもらっちゃわるい、お礼のことも、いっぺん習いにいく子の親があつまって、相談するってさ」

「それはこまるわ。だって、わたしたち友だちづきあいの仲でしょ。お礼をもらったりするのは、こまるわ」

でも、そのことはべつにして、子どもたちも親も、そんなに算法を習いたがっているのかとおもうと、はりあいがでてきた。

「ただいま。おとうさん、わたしとてもいそがしくなるわ」

元気よく家の戸をあけると、素外《そがい》の姿がみえた。

「おじさん、いらっしゃい」

ところが、素外は、いつになく元気がなかった。

「おあきちゃん。こまった、こまった。けちがついたよ、あの解答に」

「まちがってたのですか」

「それよりもっとわるい。まねだというのだ」

「だれのまねですか」

「有馬《ありま》の殿さまの、例の『拾璣算法《しゅうきさんぽう》』の……」

「殿さまがそういわれたのですか」

「いいや。じつはな、きのう、高輪《たかなわ》へあんたの答えをとどけにいったんだ。ところがあいにく殿さまは国元でなにやら騒《さわ》ぎがおきたとかで、赤羽橋の上屋敷《かみやしき》へ行かれておるすだった。それでもまあ一服なさいと、顔なじみのご家来がいうので、奥《おく》へ通ったら、藤《ふじ》田《た》さんが出てきた」

「なにかいいましたか」

「それが、わたしもいけなかったんだよ。あのひとのほうから、いろいろうちわった話をして、中根の娘《むすめ》のほうも、苦心してどうにか答えをまとめたが、あんたのほうはどんなものでしょうかといわれて、つい、わたしも、じまんの気もあって、あんたの答えを見せてしまった」

「それで」

「それで、さっきの話のとおりさ。藤田さんは、まねだといいはる。『拾璣算法《しゅうきさんぽう》』という本は、どうせおあきちゃんのところへとどけるはずになっているそうなので、その、さるまねだという部分の分冊だけ、わたしが先にもらってきたよ。もちろんわたしには、ちんぷんかんぷんだ。どうだね。いま、あんたのおとうさんに見てもらっているが」

あきも、いそいで父のひらいている本をいっしょに読んだ。

「どうだね」

素外《そがい》にきかれて、あきと桃三《とうぞう》は顔を見合わせた。

たしかに、『拾璣算法《しゅうきさんぽう》』に出ている円周率の公式は、そっくり同じではないが、桃三が鎌田俊清《かまたとしきよ》から習ったという無限級数《むげんきゅうすう》でもとめるやり方であった。

「しかし、おれは、この本のことはしらん」

桃三は、うめくようにいった。

「おれは、たしかに、鎌田先生から習うたんや。うそやない。その本を写したんやない」

「そうだとおもう。しかし、しょうこはあるか」

「ある。ちゃんと、計算の方法までつけた本がある」

桃三《とうぞう》は、あちらこちらの本箱をいそがしくあけていたが、やがて、一冊のふるびた写本をさがしだしてきた。虫食い穴のある表紙には、どうやら『宅間流円理《たくまりゅうえんり》』という題字がよめた。

「これが、鎌田《かまた》先生が享保《きょうほう》七年（一七二二年）に書かれた本や。これは、はじめ正四角形からはじまって、一兆七千万角形に達する多角形を、円に内・外接させて……」

「ちょっとまってくれ。わしにはむずかしいことはよくわからん。しかし、とにかく写本なんだろう、それは」

「うん」

「そんなら、あかんな」

と、素外《そがい》も大坂ことばをまじえながらいった。

「むこうのいい分は見当がつくぞ。『拾璣算法《しゅうきさんぽう》』は出版されたものだから、これが明和六年（一七六九年）であることは、だれからも文句のつけようがないが、写本では、享保七年（一七二二年）ということは、だれもしらん。ごまかしたといわれたらおしまいやで」

「そんなはずかしいことを、わしがするかいな」

「しかし、しょうこがない」

「──」

桃三も、うでぐみをしてかんがえこんだ。

多津《たづ》も、ようすを察して、

「あなた、なんとかなりませんか」

と、おろおろしている。

「さわいでもどうもならん。じっとしとき」

「おあき、それじゃおまえは、もう有馬《ありま》さまへ行けないのかい」

あきは、お屋敷へあがれなくなることはそれほど惜《お》しくないが、なによりも「さるまね」といわれたのがくやしかった。どうしても、じぶんたちが『拾璣算法《しゅうきさんぽう》』をまるうつしにしたという不名誉《ふめいよ》を、そそがねばならないとおもった。

そのとき、あきの心に、彦助《ひこすけ》のてがみのことがうかんだ。

『思いあまったときは相談してごらんなさい』というあの本多利明《としあき》という人の名だった。

オランダの本

二、三日かんがえたあげく、あきはおもいきって、音羽《おとわ》の本多利明《としあき》という人をたずねることにした。

鈴木彦助《すずきひこすけ》はああいってくれても、関流《せきりゅう》の算法家《さんぽうか》なのだから、おいかえされはしないかと、案内をたのみながらも心配だった。

しかし、あきの名まえをきいていちど奥《おく》へひっこんだ若者は、すぐもどってきて、

「どうぞおあがりください。先生も、いつ見えられるかと、このあいだから待っていられたそうです」

と、ていねいにいって先に立った。

とおされた座敷《ざしき》は、さほど大きくはないのに、むやみと本箱がならんでいるので、す

わると本箱のあいだにうずまりそうだった。

「やあ、よく見えられた」

本箱のあいだに小さい机がすえてあって、そのむこうから、まだ若い人が声をかけた。

「わたしが本多です」

三十歳《さい》を少しすぎたばかりときいていたが、会った感じはもっと若わかしく見えた。しかし、ものごしはさすがにおちついていて、

「鈴木氏からのてがみで、だいたいの事情は承知していますが、さしつかえなければ、もっとくわしくはなしていただきたい。そのうえでお力になれるものなら、できるだけのことはしたいとおもいます」

と、いった。あきも、この人ならばたよりになるとおもえた。

あきは、これまでのいきさつをくわしくはなし、さいごに、円周率《えんしゅうりつ》の問題で藤田《ふじた》貞資《さだすけ》に『拾璣算法《しゅうきさんぽう》』のまねだといわれ、なんとかそうでないということをしょうこだてられないものか、その相談にきたと、ありのままにかたった。利明はじっときいていたが、はなしのおわるのを待ちかねるようにいった。

「では、その『宅間流円理《たくまりゆうえんり》』の本を見せていただこう」

あきが『拾璣算法《しゆうきさんぽう》』も出しかけると、

「いや、そちらの本はさきに読んでいます。この本だけでよろしい」

利明《としあき》は、そういうひまもおしいように、『宅間流円理』を熱心に読みはじめた。

「どうでしょうか」

しばらくたって、利明の目が本からはなれたとき、あきはおもわずすがりつくようにいった。

利明はだまっていた。

そのことが、あきをいっそう不安にした。

「やっぱり、藤田《ふじた》さまに、まねではないといいかえせませんか。おねがいです。町ののわたしたちの算法も、お武家の算法に負けない、といいかえしてやりたいのです」

「いや」

利明は、おだやかにわらっていった。

「わたしは感心して、どういっていいかわからなかったのですよ」

「ああ、では、やはり、まねごとでないといえるのですね」

あきは、おもわず声が大きくなった。

「そうです。ご安心なさい」

利明《としあき》は、はっきりいった。

「『拾璣算法《しゅうきさんぽう》』には公式だけが書かれており、公式を出す方法は発表してありません。わたしはべつのところで、それのもとになった方法を読んだことがあります。それは、この鎌田《かまた》氏の方法とはぜんぜんちがうものでした。わたしは、いつでもそのことについて、藤田《ふじた》殿《どの》に説明してあげられます」

あきは安心で、からだじゅうの力が抜《ぬ》けていくような気がした。

「鎌田俊清《としきよ》という人は、たいした算法家であったようですね。上方の人で、町かたのせいもあり、世にしられずにおわったようですが」

「そうですわ。関流がいくらいばっても、かなわないかただとおもいますわ」

いままでのくやしさが、つい口からでた。

「おや、あなたもそんなことをいうのですか」

本多利明の声が、ちょっときびしくなった。

「わたしがさっき感心したといったのは、鎌田氏のこともありますが、あなたの算法についてもなのですよ」

「まあ」

あきは、あかくなった。

「あなたの算法の実力は、あなたの説明のしかたでよくわかりました。失礼だが、若い娘《むすめ》の身そらで、これほどふかく算法を修めている人に、わたしはまだあったことがありません。しかし、じつはいま、あなたが関流とかなんとかいわれるのをきいて、がっかりしたのです。あなたもその点では、世のなかのふつうの算法家とかわったかんがえはもっていられないようですから。あなたに見せたいものがあります」

利明は、机の上につみあげた本をうごかしはじめた。なにかの本をさがしているらしい。

「ずいぶんたくさんのご本ですね」

まわりの本箱にはいりきれず、机の上につみあげたほか、たたみにじかにおいた本もあった。

「読みたい本はいくらあつめてもたりません。――ええと、あの本はどこかな」

この時代、本は横につんで本箱にいれ、落し戸のような木のふたをするので、本箱の本の中身はなにかわからないが、そとにでている本のなかに、洋とじの皮表紙の本が何冊かまじっているのがめだった。

この国ではまだこういう製本はできない。となりの中国と同様、昔ながらの帳面のような製本法をつづけている。

皮表紙の本は、オランダの本にちがいない。オランダの本は、八代将軍吉宗《よしむね》の時から、自然科学や医学、産業など、実用的な本にかぎって輸入をゆるされるようになったが、町の人びとには、まだまだめったに目にはいらぬものだった。

利明《としあき》は、本の山のなかから、その、あきがめずらしがってながめていた、皮表紙の本の一冊をひきぬいた。

利明はむぞうさにページをひらいた。

「ごらんなさい」

あきがのぞきこむと、見なれぬ横文字といっしょに、あきが算法の本でよく見る円や三角形がみえた。

「これは、オランダの算法の本でしょうか」

「そうですよ。これは、わたしのしりあいが、先年カピタンからゆずりうけたもので、わたしがみせてもらっているのです」

「この文字を読まれるのですか」

「そうしなければ、あたらしい学問を手にいれられませんからな」

（このかたは、なんでもやってごらんになる）

あきは、心のなかでつぶやいた。

「ここをごらんなさい」

利明《としあき》がさし示した箇所《かしょ》をあきはみたが、もちろんそこには、あきがはじめてみる、ふしぎな横文字の行列がならんでいた。

「なにが書いてあるか、あてててごらんなさい」

「わかりませんわ。――とても」

「でも、なんだとおもいますか」

「そんな……。むりですわ」

「これはね」

利明は、いたずらをうちあける子どものように、

「円周率を計算する公式ですよ」

「この、たった一行で……」

「そうです。『宅間流円理《たくまりゅうえんり》』の内容とまったくおなじものですよ」

それから、やさしく説明してくれた。

「この、π《パイ》というのが円周率のこと。このたての棒が一、水鳥のような字が二、つり

ばりのようなのが三……」

あきは、もういちどみた。

$$\pi = 3\left(1+\frac{1}{4}\cdot\frac{1^2}{3!}+\frac{1}{4^2}\cdot\frac{1^2\cdot 3^2}{5!}+\frac{1}{4^3}\cdot\frac{1^2\cdot 3^2\cdot 5^2}{7!}+\cdots\cdots\right)$$

「オランダでも、おなじ研究をしているのですね」

「そうですとも。むしろ、計算のたやすさでは、むこうのほうがずっとすぐれているようだ。どうです、関流だの、上方の何流だのと、あらそっている時ではないとおもいませんか」

「おっしゃるとおりですわ」

あきは、一言もかえすことばがない。

「では、あなたはこういう本をごぞんじか」

利明は、こんどは数冊の和とじの本をとりだしてきた。本の表紙には『解体新書《かいたいしんしょ》』と漢字でかかれてあった。あきが分冊の一つをとりあげて、さいしょのページを繰《く》ると、変わった絵がついている。石づくりの門のまえに、はだかの人が立っている。ひとりの

杉田玄白像
石川大浪の画による

背には、翼《つばさ》のような髪がついていた。

「これも、オランダの本なのでしょうか」

首をかしげながら先を繰っていったが、

「これは、人のからだの中をえがいたものらしいのですが、うちの父のもっている本の絵とはまるでちがいますわ」

あきも、父の医学の本をのぞいてみて、多少はその方面の知識があった。

「肺の六葉両耳《ようりようじ》とか、肝《かん》の左三葉右四葉という区別もありませんね」

「こちらが正しいのです。おあきさんはごぞんじなかったかな。杉田《すぎた》玄白《げんぱく》などという人が、オランダの医学の本を手にいれて、その中の絵を、死罪になった人のからだの中とてらしあわせてみたところ、ぴたりと一致《いっち》した。おどろいて、それから苦心のすえ、その本をわが国のことばに移して出版したというはなしを」

それが、この『解体新書《かいたいしんしょ》』であった。発行されたのは、安永三年、――きょねんのことである。

「すこしもしりませんでした。父もはなしませんし……」

医師の父が、こういう本の存在をしらないなら、はずかしいとおもった。

「いや。たとえしっておいでても、あなたのおとうさんが漢方《かんぽう》をまなんだかたなら、蘭《らん》方医《ぽうい》（オランダ医学をまなんだ医師）のあらわした本を、認めたくはないというお気もちだろう」

あきは、いよいよはずかしくなる。関流の本だというので、父は『拾璣算法《しゅうきさんぽう》』を読まなかったのだろうが、医学でもおなじあやまちをおかしていることになる。

「ところで、さっきから気になっていたのですが」

利明《としあき》は話をかえた。

「あなたは千葉進という若者をごぞんじではありませんかな」

「まあ、しっているどころではありません。わたしの兄です」

「やっぱりそうでしたか。じつはさっきからあなたの顔をみているうち、だれかににているとおもっていて、いまおもいだしたのです。それで、もしやとおもってきいてみたのだが。あなたの兄さんも、よくここへ習いにこられたものです」

「まあ、兄もこちらへうかがっていたのですか。ちっともそんなことを申しませんでした」

あきは、兄がうらめしかった。

「いや。そのわけはわかる気がします。あなたの兄さんは、『父はかんがえがちがうのでこまる』と、よくはなしていました。あなたのおとうさんは、じぶんを受けいれない関流の仲間のところへ、むすこが出入りするのをよろこばれない――それであなたにもだまっていたのだとおもう。もうすこし大きくなれば、はなすつもりだったのでしょう。ところで、兄さんは元気ですか。いつぞや長崎《ながさき》から手紙をもらったが、いまもあちらですか」

「はい。父とどうしても意見があわず、長崎のしりあいをたよって出ていったのですが、とうぶんはかえってこぬつもりのようです。わたしどもへは、めったにてがみもよこしませんわ」

「長崎はいま、この国でいちばんあたらしい知識のまなべるところです。いまみせた算法の本も、『解体新書《かいたいしんしょ》』を訳した医者のひとりで、前野良沢《まえのりょうたく》という人が、長崎へいったときに手にいれたものです。兄さんも、きっとすばらしい学問をされて、江戸へおもどりになるでしょう」

「わたしも女でなければ、長崎へ勉強にいってみたいとおもいますけれど」

「なにをそんな」

利明《としあき》はことばをつよめていった。

「女であれ、男であれ、すぐれた才をもっている人は、だれでもおなじように重んじられなければならない。――それを、どうです。いまこの国では、どんなにすぐれた才をもっている人でも、身分がひくかったり、じぶんたちの仲間にはいっていないと、その才能を認めようとしない人がおおいのです。女のひとを一段ひくくみて、男にはとてもかなわないというかんがえかたも、おなじことです。げんにあなたは、これほどふかく算法を修めている」

ほめられて、あきはあかくなってうつむいた。利明《としあき》のことばは、いっそう熱をおびたようだった。

「それでも、医学のほうは、すこしずつとびらがひらかれています。さっきの『解体新書《かいたいしんしょ》』のばあいなど、よい例です。ところが算法家の世界では、この国のなかでさえ、他流のしごとをみとめようとしません。まして、西洋の算法など、あたまからばかにして、うけつけようとしない。わが国の算法家の学力がりっぱなものであることは、この鎌田《かまた》氏の研究ひとつをみても、よくわかります。しかし、この国の算法に西洋の算法をとりいれれば、研究はもっともっとすすむはずです。いや、そうしなければ、われわれはたちおくれてしまうのです」

利明は、そばにあきのいるのを忘れてしまったかのようである。

「いったい、算法の世界ほど、きびしく正しいものはありますまい。どのように高貴な身分の人の研究でも、正しくない答えは正しくない。じつにさわやかな学問です。だんじて遊びなどではない。それを、この国では、一方では算法を金銭をかぞえる道につながるとしていやしむかとおもえば、また、たんなる遊び、実利のないものとして、軽んずる風がある。これにたいして、西洋はどうか。わたしはオランダの本を通して、すこしずつ西洋の事情がわかってきましたが、かれらは算法を重んじます。それは、その底に、正しいものを冷静にみとめるかんがえかたがあるからともいえます。そのけっかはどうか。その航海・天文などの術は、われわれの想像もできないほど進んでいるのです。この国の、算法にたいするかんがえかたを、かえなければいけない——いや、それは、世のなかのすべてのかんがえかたにも通じますが、まず手はじめが算法です」

「そうです。ほんとに……」

あきは、おもわず声をあげた。

父や母の、算法にたいするかんがえかたに、どうしてもなっとくがいかなかったが、いま、本多利明の話をきいているうちに、これが、じぶんの求めていたかんがえだとおもいあたった。

「ほう、あなたも同意してくれるか」

と、利明は満足そうにわらって、

「というわけで、この国がのびていくためには、なによりも、人びとが算法をしっかりとまなぶことが必要です。ところが、世間では、読み書きを第一にかんがえ、寺子屋でも、おしえるのは手習いと素読《そどく》(意味がわからなくても声を出して読みあげる)が主でしょう。算法はそろばんが関の山です。いちばんものをよくおぼえるころに、算法をもっと深いところまでおしえなければならない。それも、できれば西洋の算法をとりいれたいが——それはむりとしても、とにかく、算法をしっかりまなんだ師匠《ししょう》がたくさんいて本腰をいれておしえてもらいたい。いまのように、寺の坊《ぼう》さんのかたてまや、浪人《ろうにん》の、米《べい》銭《せん》のたしのための寺子屋では、それはむりです。わたしは算法の塾《じゅく》をひらいておおぜいの弟子《でし》におしえていますが、この人たちが算法をおしえ、そのまた弟子がおおぜいの人におしえ——いつか、いまの寺子屋ほどに、ほんとうの算法をおしえる塾がふえてくれればとおもっているのです」

「まあ」

と、あきは目をみはった。なんと大きな計画だろう。

「先生。わたしにもそのお手伝いをさせてください」

「しかし、あなたは有馬侯《ありまこう》へお出入りするというしごとがありますよ」

「いいえ。あのお話はおことわりします。『宅間流円理《たくまりゅうえんり》』がまねでないと先生からおきすれば、わたしはそれでいいのです。ほんとのところ、武家のお屋敷にあがるのはすきじゃなかったのです。ただ、わたしの意地っぱりで、武家の子に負けたくなかったこと、父がお金に無頓着《むとんじゃく》で母が苦労しているのをみて、お金がほしかったからですわ」

「ほう」

「でも、ほかに、お金をはたらきだすあてが、ないわけでもないんです」

あきは、松葉屋ではじめた算法塾の話をした。

「それは、わたしのかんがえているとおりのことだ。しっかりたのみますぞ」

「なにをおしえたらいいのかなど、いろいろ迷うこともたくさんあってこまりますけど」

「いつでもきてください。できるだけ相談にのりましょう」

「じつは、おききしたかったんです。ゆとりのあるくらしの親御《おやご》さんが、お礼をだそうといわれるのを、いちどおことわりしましたが、もらってもいいんじゃないかとおもっているのですが……」

「そうですよ。じぶんのはたらいたしごとのねうちを、正しくはかってお礼をもらうのは、ちっともはずかしいことではない。むしろ算法のかんがえかたです」

「ありがとうございます。きょうはいろいろなことを勉強できました」

ほんとうに、あたらしいことをたくさんまなんだ半日だった。

わたしの本

(1)

霜《しも》のふかい朝がつづいた。もう師走《しわす》――十二月である。

その朝も、むかい家の屋根におりた白い霜をみながら、あきが戸口をはいていると、

「おや、さむいのに精がでるね」

谷素《そ》外《がい》が声をかけた。

「ことしはうるうで十二月が二度もあるから、よけい冬が長いが――ごぶさたしたよ」

ほんとうにひさしぶりだった。

夏のおわりから、素外はこの家に足をいれていない。腹をたてて、かえっていったの

だ。

それは、あきが本多利明《としあき》をたずねてまもなくのことだった。素外《そがい》が、こんどは元気よくやってきた。

「おあきちゃん、いいしらせだ」

素外のはなしによると、頼徸《よりゆき》は藤田貞資《ふじたさだすけ》のしたことを聞くと、かってにそんなことをしてはならぬときつく叱《しか》って、素外のもちかえった解答を、もういちどさしだすように、ということだった。

「ね、やはり算法《さんぽう》ずきの殿《との》さまさ。あのかたがごらんになったら、まねでないこともはっきりするにきまってる。こちらの勝ちさ」

「どうもご心配かけてすみません。でも、もういいんです。有馬《ありま》さまへ行かなくてよくなりましたから」

あきが、子どもたちに算法をおしえて月謝をもらう話をすると、

「それはえらいもんだ。――しかしだねえ。そんならこんどはお金のためでなくて、名まえをあげるために行ったらどうだい。女の子であんたほどの算法家はそういるもんじ

ゃないだろう。それに、殿さまもあんたのことを、とても感心していらっしゃるしね」

そのとき、あきの心のなかを、山田多門と名のったさむらいの面《おも》かげが、ふと横ぎった。

(でも、御《ご》家中《かちゅう》の人を、ようすをさぐりにこさせるようなかたはきらいだわ)

あきは、心のなかでつぶやいた。

「わたし、やっぱりおことわりします」

「おいおい、千葉。なんとかならんかな」

「もともと、わしはあきがそんなところへ行くのに反対やったのや。いやというなら、それでええやろ。宅間流《たくまりゅう》にけちをつけるようなところはごめんや」

「だからさ。それは藤田さんで、殿さまとはちがうのだから――」

「家来が家来なら、あるじもあるじや」

そんな問答をくりかえしたあとで、さすがに素外も、せっかくの人の親切がわからぬあきれた人たちだと、声を荒《あら》げてかえっていった。

しかし、あきも素外の気もちをありがたいとおもっている。有馬家の話をべつにした

ら、なんとかして仲なおりしたいとおもっていた。それで、きげんよい素外のようすをみると、ほっとして、

「どうぞおあがりください。父もこのごろずっとよくなりました。おじさんがきてくださったなんて、きっとよろこびますわ」

「そうかい。ではあがらせてもらうよ。おあきちゃんもちょっときてくれないか。きょうの用事はあんたが目あてなんだから」

(あ。また有馬《ありま》さまのことかしら。でも、その話だけはおことわりだから)

あきがそうおもいながら手を洗ってあがっていくと、桃三《とうぞう》がにこにこして一冊の本に見いっているところだった。

「おあき。ええ本にしてもろた」

「なんのことですか」

「いやだね、おあきちゃん。じぶんの本をわすれたのかい」

素外《そがい》にいわれて気がついた。いつかはなしのあった算法の本——いそいで、父のそばにあるもう一冊を手にとった。

　表紙の題字は、あざやかに、

『算法少女《さんぽうしょうじょ》』

と読めた。

「わたし、すっかりわすれていたのに……」

「そうだろうとおもって、こちらでかってにしごとをすすめたのさ。あんたとおとうさんの序文は先にもらってあったし、あとがきはわたしが書いておいたからね。これは見本で、のこりは版元《はんもと》の山崎屋《やまざきや》金兵衛《きんべえ》さんのところからこちらへじかに届けさせることにしたよ」

「まあ、なにからなにまで……。ほんとにすみません」

あきは、本をひらいた。あきの序文は少女らしいかながきで、

『たらちを、過にしころ、ものがたりしたまひけるは、なにはのことの　よしあしにつけて　おもひださせける』

（父が、以前はなされるには、大坂のことが、なにかにつけておもいだされます）

と、父が算法をならいはじめた少年のころの思い出のことから、じぶんが父から算法をならうようになったなりゆき、そして、父からならった問題を、父といっしょに一冊の本に編集したので、おなじように算法をまなぶ人に役だてばうれしい、と書いてあった。

桃三《とうぞう》のほうの序文は、漢文で、桃三らしく、中国の昔の歴史など引用しているが、述べてある内容は、だいたいおなじようなものである。

本のなかみは、上、中、下の三部にわけ、だんだんむずかしいものをおくようにしておいた。

上の巻のいちばん最初の問題は、文吉をあわてさせたある長者と下男の米つぶの問題、二番めは三人の旅人の問題――これを読んで感心していた、山田多門と名のった侍のことがおもいだされる。なつかしいような、かなしいような思い出である。

「おあきちゃん、わたしのあとがきはどうだい」

素外《そがい》の声に、

「はい」

あきはあわてて素外のあとがきへ目をやった。それは、俳人らしい古風なうつくしいことばで、じぶんは俳諧《はいかい》のことだけひたすらまなんできたので、算法のことはなにもわからぬが、あきが父について熱心に算法をまなび、病気の父をなぐさめて、こういう本を作ったのは、まことにりっぱなしごとだとおもう、と書いてあった。

さいごに、『安永乙未《きのとひつじ》（四年）冬十二月　一陽井素外《いちようせいそがい》』と署名してある。

素外はいくつもの俳号（俳句を作るときに使う名）をもっていたが、その中で一陽井というのは、とくに気にいりの作品などのときに使うものだった。素外の親切がよくわかった。

「こんなすてきなあとがきを……。ほんとにありがとうございました」

「いやいや、お礼なんかどうでもいいが、気にいってくれればそれでいいんだよ」

素外は笑顔《えがお》でいってから、

「そこでだがね、おあきちゃん。あんたやっぱり有馬《ありま》さまへおしえにいく気はないのかね」
「はい。申しわけありませんけど、こちらの算法塾《さんぽうじゆく》も、どうにかやっておりますので」
「そうかい。わたしはあんたの算法の力を、もっと世のなかにしらせたいとおもうんだが、どうしてもそういうならしかたない。それはそれでよいが、どうだろう。いっぺんだけ、この本をもって有馬さまのお屋敷《やしき》へいくのは……。あの殿さまも、もういっぺんおあきちゃんに会いたいといっていらっしゃるよ」

あきがへんじをしないうちに、茶道具をもってはいってきた母の多津《たづ》が、

「それはもう、おひきうけしますよ。ねえ、あき」

あきは、いそいでいった。

「いいえ、たいへんわがままだとおもいますけど、それもおことわりしたいんです」

「そんな……」

「あきれた」

多津も素外《そがい》も、どうじにいった。

「おあきちゃん、強情《ごうじょう》すぎるよ」

素外にそういわれなくてもわかっている。なによりもあき自身、素外のいままでの親切をかんがえれば、承知しなければならないことにちがいなかった。それを、ことわってしまったのは、本のなかみがはずかしかったからである。

『拾璣算法《しゅうきさんぽう》』ですでに印刷して発表されている円周率《えんしゅうりつ》のための無限級数《むげんきゅうすう》を、いくらまねではないといえ、よそにはまったくないもののように『――これは秘中の秘の公式』などと大げさなことばで父がのべている点だった。父が『拾璣算法《しゅうきさんぽう》』に目をとおしていて

さえくれたらと、くやしかった。じぶんたち親子の、学問にたいする心のせまさを、天下にしらせるようなものではないか。

そのほかの問題についても、いくつかの不満があった。

(いまなら、これはのせはしないわ)

それは、このわずかのあいだに、あきの学問がたいそう進んだことからくる不満である。

あきがこのことをはっきり素外《そがい》にいえば、素外もわかってくれたかもしれない。しかし、せっかくこの本の出版に骨をおってくれた素外に、それをいうことはできない。

「すみません。いろいろ、わけがあって……」

「かってにしなさいっ。わたしはこんどこそほんとうにおこったよっ」

がたっ、ぴしっと、らんぼうに戸をしめて、谷素外はかえっていった。

「おあき。おまえ、なんということをしてくれたの。あなた、あきをしかってくださいよ」

おろおろする多津《たづ》に、桃三《とうぞう》はふだんとかわらぬ声で、

「しょうがないさ。この子がいやだというなら」

(2)

「ほんとにわからない子だよ。お千代ちゃんのおっかさんにこの話をしたら、おしいことだのいいずくめだったよ」

多津がいつものぐちをこぼしていた。

二、三日まえから以前のように診療《しんりょう》をはじめた桃三は、往診に出かけて、るすの夜だった。あきは母にはこたえず、山崎屋からとどいたばかりの『算法少女』の山をならべなおしていた。

素外はあんなにおこりながらも、あきの家にその本をとどけさせてくれたのだった。

(ほんとに、おじさんには申しわけないけど、わたし、はずかしくて、『拾璣算法《しゅうきさんぽう》』をあらわした人のところへは持っていけないわ)

あきは、『算法少女』を読んでもらえそうな人を、あれこれとおもいうかべていた。鈴木彦助《すずきひこすけ》はどうだろう。なんだ『拾璣算法《しゅうきさんぽう》』のことをしらなかったのかとしかられそうだが、やっぱり一応見てもらって、批評してもらおう。

あれこれかんがえてかたづけているうちに、夜がふけていった。

表戸が、ごとごととなった。

父がかえってきたのだとおもった。

「おかえりなさい」

といって、立ちあがりかけたとき、小さい声がきこえた。

「万作です。すみません、こんな夜ふけに」

「まあ」

あきと多津《たづ》が顔をみあわせたのは、きっと伊之助《いのすけ》の病気がわるくなって、万作がむかえにきたのだとおもったからである。桃三《とうぞう》はまだかえっていない。これはこまったことになったと、母と娘《むすめ》は顔をみあわせた。

しかし、はいってきた万作はそうではなかった。

「きゅうにおもいたって、算法をおしえてもらおうとおもってきました」

息がはずんでいる。

「どうしてそんなにいそいできたの」

「ええ、ちょっと」

「まあ、とにかくおあがりなさい。おとうさんもるすだから、ゆっくりしていきなさいよ」

昼間はめったにあえない万作なので、理由はどうでも、こうしてきてくれたのはうれしかった。

多津がいつものようにつくろいものをひろげているそばで、あきと万作は算法の勉強をはじめた。

「だいぶお休みがつづいたから、おさらいから。そろばんで、かけ算の練習よ。一本十九文の筆五本ではいくら？」

「ええっと、――八十五文」

「ちがうわ」

「七十五文」

「ますますちがうわ。万作さん、こんやはあんたつかれているのよ。これでやめて、かえってやすんだほうがいいわよ」

「うん……」

万作はなにかべつのことをかんがえているようだった。

かえりじたくをしている万作に、あきは『算法少女』の一冊をわたした。

「これ、わたしが書いた本なの。かしてあげるわ。ここへこられないときは、これでひとりで勉強なさいな」

本がかりられる。勉強ずきの万作だから、おどりあがってよろこぶはずなのに、

「ありがとう」

と、うわのそらのへんじがかえってきただけだった。万作は『算法少女』をむぞうさにふところにしまいこむと、

「あのう、おあきちゃん」

「はい、なんでしょ」

「いや。いいんだ」

決心

(1)

万作のようすが、あきにはどうも気になった。

「おとうさんをむかえにいくから、そこの木戸までいっしょにいくわ」

あるいているあいだに、なにか話がきけるかとおもったのだ。

そとは、さえかえる冬の夜空に、満月にちかい月があかるかった。ふたりは、しばらくだまってあるいた。

月のあかるい夜は、くらいところはいっそうかげが濃《こ》い。表通りの大きな商家がかげをおとしているところへさしかかったときだった。万作が立ちどまった。

「おあきちゃん。ここでかえっておくれ」

「だって、もうちょっと」

「いや。――おあきちゃんに、めいわくがかかるかもしれない。それに、たのみたいことがある」

「めいわく？　あら、わたしはべつに……」

といいかけて、はっと口をつぐんだ。暗いなかでもひときわ暗い、横手のへいのかげから、走りでてきた武士らしいふたりづれがあった。ふたりとも顔を黒ふくめんで包んでいる。

「このひとたち、だれ？」

と、あきが万作にささやくうちに、ふたりは万作を両側からはさんだ。

「書きつけを出せ」

先に立った武士が、低いが力のこもった声で万作につめよった。万作はじりっと身をひいた。

「なにすんのよ、あんたたち」

はなれまいとしながら、気づよくさけんだあきの耳もとで、万作がささやいた。

「これをたのむ」

たもとの下で、書きつけらしいものが手にさわった。すると万作は大声でさけんだ。

「おあきちゃん、あんたのしらないことだ。はやくお逃《に》げっ」

(ああ。さっきのたのみというのは、このことだわ)

あきは合点《がてん》して、わざとおびえたように、顔をふせて走りだそうとした。

しかし、ふたりづれの武士にゆだんはなかった。ひとりは万作をおさえつけたが、もうひとりが、

「待てっ、娘《むすめ》！　おまえもあやしい」

と、逃げるたもとをおさえた。

「手にもっているのはなんだ」

(しまった)

何かはわからぬが、万作のよほど大事にしているものらしいし、なにより武士たちのねらっているものであることはまちがいない。

しかし、そのとき、万作をとりおさえた武士が声をかけた。

「丹羽《にわ》さん、こちらにありました」

（——おや）

あきは、その声をどこかできいた気がした。そういえば、顔は包んでいるが、その背かっこうやからだつきにも見おぼえがあった。しかし、とっさのときだから、もちろんおもいだせない。

「だが、こっちの娘も、あやしい書きつけを持っておるぞ」

丹羽とよばれた武士は、あきの手からもぎとった書きつけをやみにすかした。

「いや、こちらがたしかです。——町のも

のから無用のものをとりあげて、あとでめんどうなことになってはまずいとおもいます」

「それもそうだな。そちらがたしかとあれば」

書きつけは地面におちた。

あきはそれをひろうと、あとは一目散にわが家へむかってかけだしていた。

北風が、ひょうと鳴った。

父の桃三《とうぞう》が、万作をつれてかえってきたのは、あきが家について、ほっと一息ついているときだった。

「えらい急いでゆくお武家ふたりにすれちごうてな。なにやらおかしいとおもうてこっちへきたら、こんどはこの子がへたばっとる。なに、たいしたけがやないが、さっきのお武家につきたおされて、足を痛めたらしいんや。手当してやらなとおもうてつれてきた」

しかし万作は、足の痛みもわすれたように、あきの顔をみると、

「さっきの書きつけは?」

ときいた。

「ええ、ここにあるわ」

万作は、そういうあきの手から、ひったくるようにしてそのうすい封書《ふうしょ》をうけとると、

「よかった。これさえあったら……」

と、うれしさのあまり、涙《なみだ》さえこぼしている。

「なんや。おまえたちさっき会っとったのか」

桃三《とうぞう》は何もきいていなかったらしい。

「先生、すみません。だまっていて」

万作は頭をさげて、

「いろいろなわけがあるんです。いま、すっかりおはなしします。こんやのお侍のことも」

「ふん。そんなら、けがの手当をしてから聞こか。まあ、おあがり。あき、すすぎを持ってきな」

桃三の声は、あいかわらずのんびりしていた。

(2)

「おれたち、筑後《ちくご》の生葉郡《いくはごおり》のものなんです」

きずの手当もすみ、あついお茶で人ごこちがつくと、万作は、はなしだした。

「すると、有馬《ありま》さまの御領内やな」

桃三がたしかめるようにいった。

「はい、そうなんです」

「ふうん」

そのとき、あきはあっと気づいた。さっきの武士のひとりは、浪人《ろうにん》の山田多門——そのじつ、有馬家家中《かちゅう》の、吉田郁之進《いくのしん》ではなかったのか……。あきの胸は、はげしく鳴った。

「それで、どうしてあのお武家たちに乱暴されることになったんや」

「それは、こういうわけなのです」

有馬家がおさめている久留米藩《くるめはん》は、もともと年貢《ねんぐ》のとりたてがきびしかった。先代の殿《との》さまのとき、享保《きょうほう》十三年（一七二八年）にも、そのため大きな一揆《いっき》がおこり、これがもとになって翌年先代は隠居《いんきょ》し、いまの殿さまの頼徸《よりゆき》が十四歳《さい》で藩主の地位をついでいる。

しかし、宝暦《ほうれき》四年（一七五四年）には、二度めの大きな一揆がおこった。

そのころ、毎年のように不作がつづき、村むらはこまりはてていたが、藩では城内にあたらしい御殿《ごてん》をたてたり、また幕府の命令による東海道の河川《かせん》工事の費用にしたりするために、さまざまのあたらしい税金や、貯蔵米の強制買いいれをおしつけてきた。宝暦二年には、こんご毎年人別銀《にんべつぎん》六匁《もんめ》をおさめるようにとのお布令をだしてきた。農民ひとりについて銀六匁というのは、ただでさえこまっている人びとにとって、容易ならぬ金額だった。

とうとうがまんできなくなった農民たちは、はじめ生葉郡《いくはごおり》が中心になり、やがて他の郡もくわわって、数万人の農民が立ちあがる大騒《おおさわ》ぎになった。この一揆のため、藩は農民たちの要求をほとんどうけいれ、人別銀はとりやめとなり、役人のいい分ばかりきいていばっていた庄屋《しょうや》たちはやめさせられた。

しかし、一揆がわのぎせいも、けっして小さくはなかった。農民のがわに立った大庄屋が死罪になったのをはじめ、打ち首七人、さらし首八人、七郡とか一里以内とかいうように追放にされたものは四十六人をかぞえた。

「それでも、三年まえの安永元年に、殿さまが少将の位とかに進まれたお祝いがあって、一揆のときに追放された人もおおかた許されたんです。だけど、役所からとくににらまれていた人たちだけは、許しがでないのです。もうずいぶん年をとった人たちもいるから、はやいとこ許してもらいたいと、うちのじいちゃんなんかが先頭に立って役所に願いにいくけど、だめなんです。じいちゃんにきくと、その人たちは役人たちのつごうの悪いことをたくさんしっているので、国にかえらせるとまずいらしいのです。——ええ、うちは、おれのふたおやが、はやりやまいで、妹のさとがまだ赤《あか》ん坊《ぼう》のときに、つづいて死んだもんで、じいちゃんがかわっておれたちを育ててきたんです。それで、じいちゃんは、これじゃ国元じゃらちがあかない、いま江戸《えど》にいらっしゃる殿さまにお願いしようって、おれたちのふたおやの供養《くよう》に四国へお遍路《へんろ》さんに出かけることにして、村かた一同の願書をもって江戸へでてきたのです。ところが……」

「旅のつかれで、ねこんだというわけやな」

「そうです。それで、先生のおせわになったのです。じいちゃんは、すぐなおるから、わしがなおってから、なんとか江戸のお屋敷《やしき》へ話をするといっていたんですけど、いっこうによくならないので、おれ、しびれをきらして、お屋敷のあたりをあるきまわってみたけど、やっぱりおれなんかが、かんたんに近づけるところじゃなく、どんどん日がたってしまいました。そのうちに、国元のほうでも、どうやらおいらたちが江戸へ行ったのではないかとあやしみだして、しらせがきたらしいのです。殿さまにいいつけられたらこまるとおもったのでしょう。宿屋のあたりを、ようすをさぐりに御家中の人がうろつくようになったのです」

（ああ、わたしのようすをさぐりにきたのではなかったのだわ。あのお侍……）

あきは、心の中でひとりうなずいた。

「そのうち、じいちゃんもだいぶよくなったし、じいちゃんのしっている御家中の人に会いにいくつもりでいたら、じいちゃんにその願いの書きつけを出されてはこまる人たちにそれをかぎつけられて、こんばん書きつけをとりに押《お》しかけられたのです」

「まあ」

あきも思わず声をあげた。

「それで、とにかくおれが書きつけをもって松葉屋をとびだしたんだけど、行きつくとこは、この家しかないし……。そうかといって、こんな書きつけ、あずかってくれなんて、めいわくがかかるとおもうといいだせないし……」

「それでまよっていたのね」

「うん、——けど、あぶないところだったよ。むこうの侍、おれのふところにはいっていたおあきちゃんの算法の本を、まちがえて持ってったぜ。それもさ。おれのふところからあの本をひっぱりだすと、月あかりで表をちゃんとみているのにさ。まぬけなお侍だね」

「まあ、わざわざ表紙をみたのに？」

あきは、それがあの山田と名のった侍だとわかっているだけに、ふしぎな気がした。

「おい、万作。それは案外、まぬけとちがうぞ」

桃三《とうぞう》がそばからいった。

「それは親切というものや。しっとってそうしたんや、ええお人なんや」

「へえ。世のなかに、そんな人、いるのかなあ。けど、先生にいわれると、たしかにそうかもしれんね。おかしな話だもの――きっと事情をしってるんだな」

万作は、山田と名のる侍に、いつもかけちがって会ったことはないから、じぶんに大きな好意を示してくれた人が、どんな人かはわかっていない。ただ、ありがたいとおもうだけだった。

「書きつけはのこったけど、こんどはどうやってこれを殿さまのところまで持っていけるか、それがたいへんだな」

万作は、手のなかの書きつけをながめて、ため息をついた。

「そのお侍がまちがったものをつかんだことはすぐわかるんだし、見張りはよけいきびしくなるだろうし……」

あきは、万作には答えず、かんがえこんでいた。算法ずきの、やさしいとしよりとみえていた有馬《ありま》頼徸《よりゆき》も、むごい、きびしい政道をおこなう殿さまだったのか。じぶんはいままで算法のことしかかんがえてこなかったが、万作はおなじ年ごろで、じぶんたちのくらしをまもるために、そして村の仲間の人をたすけるために、おそろしいめにあいながら、必死になってはたらいている……。

(あの、吉田郁之進《いくのしん》とかいうお侍さんが、万作さんたちのしていることに感じいって、わざと書きつけをまちがえてくれたのなら……。わたしは、万作さんのために、何をしてあげられるだろうか)

すぐに答えはみつかった。

(わたしは、わたしがその気になれば、あの子のあいたがっている殿さまにあえるのだわ)

あたらしい道

(1)

冬晴れの朝、あきは谷素外《そがい》といっしょに、海ぞいの高輪《たかなわ》への道をあるいていた。

「ごらん。夏きたときは見えなかった富士山が、けさはあんなにはっきりみえるよ」

素外が、ゆく手の雪をかぶった富士山を指さした。

「ええ、ほんと」

「でも、よかったよ。おあきちゃんの気がかわって、『算法少女《さんぽうしょうじょ》』を殿《との》さまにじぶんで届けるといいだしてくれてさ。そりゃ、いまのおあきちゃんからみれば、本のなかみに不足も出てこようが、それはあんたの勉強がすすんだしょうこなんだし、第一女の子なんだから、こんな本ができればそれでじゅうぶんだよ」
「ええ、おじさんのおかげです」
「いやだよ。そんなこと、いわなくていいが……。そうそう、いつかはなした加賀の千代女《ちよじょ》というおばあさんさ、この秋なくなったそうだよ。女も、あそこまでいけばたいしたもんだ。おあきちゃんもひとつ算法で名をあげておくれ」

「さあ、わたしなどは、とても……」

きょうのあきは、ひどく口数が少ない。素外《そがい》はそれを、じぶんの本を届けるときの心のたかぶりのためとおもって、気にしていないが、あきは、ふろしきにつつんだ『算法少女』の本のあいだにはさんだ書きつけのことをかんがえて、気が張っているのだった。

（うまく殿さまにとどけられるかしら。それに、そんなきびしい罰《ばつ》を一揆《いっき》の人に命じられたかたなら、書きつけを読んで、かえっておいかりになられるかもしれない）

そしたら、そんなものを持ちだしたあきも、ぶじではすまぬかもしれぬ。でも、そのときはそのとき、とあきはおもった。

（ただ、このことはわたしひとりでかんがえついたことで、両親も、素外のおじさんもかかわり知らぬことをはっきりさせよう。万作さんにもおとがめがかからぬようにしなければ……）

有馬家《ありまけ》の下屋敷《しもやしき》は、二度めのせいか、まえより近い気がした。このまえとおなじ座敷に通されたが、きょうは座敷にだれのすがたもみえず、火鉢《ひばち》だけがいくつかおいてあった。

「素外殿だけ、さきにこちらへこられるようにとのおおせです」

案内の家臣のことばに、素外は、

「そんならおあきちゃん、『算法少女』もさきにわたしからとどけておこうか」

といったが、あきは首をふった。

「いいえ、わたし、じかにおわたししたいのです」

だいじな書きつけがはいっている。じぶんでわたさなければならない。

「そうだな。やっぱり、おあきちゃんの書いた本なのだからな。そうでなければ、女の子の書いた本というねうちがへってしまう」

素外はどこまでも、あきを有名にすることばかりかんがえてくれている。

ひとりになると、あきは、だいじなふろしきづつみをしっかり手にしたまま、あたりをみまわした。寒い。気がはっているせいもあるし、それに大きな建物で軒《のき》がふかく、座敷の奥《おく》まで日がさしこまないのだ。座敷の空気は、火鉢のいくつかではまにあわぬほど、冷えびえとしていた。縁側《えんがわ》に目をやると、そこには冬晴れのあかるい日ざしがいっぱいさしこんでいる。

あきは、縁側へ立った。

(あら!)

となりの部屋に、このまえの少女がすわっているではないか。

(お宇多《うた》さんだ)

人のけはいに、宇多も気づいてこちらをふりかえった。あきは、じぶんからはなしかけた。

「また、おあいしたのね」

宇多はどういうふうにふるまってよいのかまようように、下をむいた。

「わたし、こんどのお話はおことわりしました。お屋敷でお姫《ひめ》さまにおしえるなんて、町娘《まちむすめ》のわたしのがらに、にあわないもの」

「えっ」

宇多はおどろいたように、あきのほうへむきなおった。

「ほんと?」

しかし、そのまえに、宇多がむきをかえたとき、宇多のたもとから、ころころところがりでたものがあった。

「あら、手まり」

あきはうれしくなって声をあげ、宇多ははずかしそうにあかくなった。

「あんたも手まりすき？」

あきがきくと、ちいさい声で、

「ええ、大すき。あなたもなの？」

「もちろんよ。でも、このごろだいぶついてないの。つかせてくれる？」

あきは、さとに手まりをやってから、あたらしいのはまだ買っていないし、それになにやかやといそがしくて、手まりをつくひまがなかった。

「どうぞ。わたしも、このごろなかなかつけなかったの。算法の勉強で」

「じゃ、ふたりでつきましょうよ。何の手まりうたがいい？」

「京、京、京橋は？」

「いいわ、じゃ、つくわね」

「――京、京、京橋、中、中、中橋……」

　長いろうかを、頼僮《よりゆき》は藤田《ふじた》貞資《さだすけ》や谷素外《そがい》をうしろにしたがえてあるいてきたが、女の子の澄《す》んだ声に足をとめた。

「見るがいい」

　頼僮はふたりをふりかえった。庭の植えこみは葉をおとしたので、庭ごしにむこうの座敷のようすがよくみえた。

「あのふたり、仲よくあそんでいるぞ」

「はい」

　貞資と素外も、おどろいてそのようすをながめた。

「やはり、わしのおもったとおりのようだな。藤田がいらぬ口出しをしたので、あきはおびえて屋敷へ来ぬといったにちがいない。まだちいさいのだから。あのようにふたりで仲よくしているし、あきも宇多も、おなじほどの実力をもっていることは、このまえの問題でようわかっている。ふたりとも屋敷へよぶといえば、あきも承知するにちがいないとおもうが」

「それは、願ってもないおことばです。あきもきっと承知することとぞんじます」

素外も、おなじようにかんがえていたところだったので、大よろこびでこたえた。藤田貞資はあまり満足ではないらしかったが、これいじょうじぶんが口出しするべきではないというように、だまっていた。

手まりをつく手をやすめて、あきと宇多の話がはずむ。宇多がいう。

「わたしもいやなのよ、お屋敷へあがるの。けれど、藤田先生が、どうしても行かなけりゃだめだ、関流《せきりゅう》のためだっていわれるし、両親も、もしおまえがおとされて、その、町の娘なんかに……。ごめんなさいね。ほんとのことといったもんで……。だいじなお役を町娘にとられたら、中根元圭《げんけい》の親類としてはずかしいなんていうでしょ。それで、もしも殿さまが、おまえはだめだといわれたらどうしようかとおもって、もう心配で心配で……。あなたまで、にくらしくなってきたのよ。ごめんなさい」

「わたしだっておなじことよ。夏にはじめて会ったときは、わたしのじゃまをしようとして、ほんとにいやな人、とおもったんですもの。でも、さっきもいったように、わたしはもうお屋敷へあがる気はないのよ。どうぞ、あんたのおとうさんやおかあさんを、安心させてあげなさいよ」

「あなたは、うちの人にしかられないの」

「おかあさんは、わたしをお屋敷へあげたいらしいけど……。わたし、おかあさんをよろこばせるためにだけ、お屋敷へあがるの、ばかげてるとおもうもの」

「まあ。しっかりしてるのねえ、あなた」

宇多《うた》が、なおもはなしかけようとしたとき、

「殿のお出ましです」

と、先ぶれの家臣がはいってきたので、ふたりはあわてて手まりをしまいこんだ。

「宇多も、あきも、しばらくであったな」

頼徸《よりゆき》はこのまえに会ったときとおなじように、やさしい老人であった。

「こちらのおとなにははなしておいたが、ふたりいっしょに、姫たちの算法をみてくれぬか。ふたりとも、異存はあるまいな」

宇多が、ああよかったというように、にっこりして、

「はい」

と、へんじした。

「あきはどうだ」

素外《そがい》が、（おあきちゃん、たのむよ）というように、じっと見ている。あきも、いまはあの書きつけをわたすという、大きなしごとのまえである。

「はい」

と、こたえた。

（やれやれ）

素外の目が、そういっている。

「それではなしはきまったな」

頼徸《よりゆき》が満足そうにうなずくと、素外《そがい》がひざをのりだした。

「殿さま、じつはあきがこんど、算法の本を出版いたしました。ぜひ殿さまにお目にかけたいと、ここへもってきております」

「なに。算法書を出版したと……。少女の身で、それはおどろいたものだ。はやく見たいな」

頼徸は上きげんだが、貞資《さだすけ》のほうはいやな表情をかくそうとしなかった。あきは、からだがふるえてきた。

「あきといったな。その本をみせい」

「おあきさん、殿さまがああいわれるのだ。お持ちしなさい」

素外のことばに、あきはそっと頼徸のまえに進み、『算法少女』をおいてひきさがった。

「『算法少女』か。愛らしい名だ」

頼徸はほほえんで本をとりあげた。あきはいそいで小さくいった。

「なかのものも、どうぞごらんくださいませ」

「うむ？」

頼僮はいっしゅん、けげんな顔で本をひらき、なかの封書《ふうしょ》を見たが、万作の村の名をよみとるとかすかに眉《まゆ》がうごいた。しかし、それだけであった。

「なかなかよくできているようだ。あとでゆっくり読むとしよう。あき、ほうびの品はそのときつかわす」

さっきとすこしもかわらぬ、きげんのよい声がひびいた。

「じつは、きょうは急に用ができて、ふたりのはなしを聞いてはおられなくなった。ふたりとも、もういちど出なおしてくれぬか。——素外、すこしばかりはなしたい。きてくれ」

頼僮は、さりげなく素外をうながして立った。

「わたしたち、いいお友だちになれそうね」

なにもしらぬ宇多《うた》が、うれしそうにいう。

「ほんとね」

あきも、たとえこの屋敷へくることはなくても、宇多といっしょに算法の話をしたり、あそんだりしたら、あたらしい友だちとして、どんなにたのしいかとおもうのだった。

茶菓子がならべられた。頼徸《よりゆき》と素外《そがい》の話はだいぶ時間がかかるらしい。

(2)

日が傾《かたむ》いて、きゅうにさむざむとしてきた日本橋を、あきと素外は足早にわたった。

「やれやれ。おあきちゃんがこれほどおもいきったことをする娘だとはねえ。わたしゃ、きょうというきょうは、みなおしたよ」

素外は、さっきからもう何十ぺんとなくくりかえしたおなじことばを、またつぶやいた。

かなりまってから素外は座敷へもどったが、高輪の下屋敷からいっしょに帰るとちゅう、頼徸からの伝言をつたえたのである。

「殿さまはね、おあきちゃんのわたした書きつけを、とっくり読まれてね、こういう話だったよ」

――頼徸は、一揆の中で赦免《しやめん》にもれたもののことは、じぶんも気になっているといっ

た。しかし、いちどにぜんぶを許すことについては、藩《はん》の重臣のなかにも強い反対があり、先年の赦免でさえ、早すぎるという声があった、とかたったという。

「けれどね、近いうちに何かの理由をみつけて、かならず許してくださるとさ。それから、あの書きつけにはもう一つねがいごとがあったそうだが、御年貢《おねんぐ》をおさめるとき、藩のお役人が村かたへ出張《でば》るのは、えこひいきがはいってこまるというやつさ。それも、そんならべつにあたらしい役所をつくることをかんがえよう、とおっしゃられた。なかなか、ものわかりのいい殿さまだね。それから、おあきちゃんが、よくこれをとどけてくれた、勇気のいることだのに、といっておられたよ。そして、ほんとに、屋敷へくる気はないのかと残念がっていられたよ」

「そんなおやさしいかたが、いくら御政道《ごせいどう》でも、ずいぶんむごいことをなさったものね。たくさんの人を死罪にしたりして」

「そりゃあ、殿さまなんて、わしらのかんがえる以上に不自由なものらしいよ。あのかたが算法に夢中になられるのも、案外、じぶんのおもったことが御政道のうえではどうにもならないので、そっちで気をまぎらせているのかもしれないよ。頭がいいかただけに、よけいさびしいことだろう」

「そんなものですか」

「おあきちゃん、わたしらはしあわせなことに町の者さ。こちこちの頭のふるい御家来衆にかこまれて、なにもできないお大名とはちがうんだ。ましておあきちゃんは若いのだし、おあきちゃんでなければできないことをやっておくれ。算法の勉強でもなんでも……。わたしも負けずに何かやらなくちゃ」

素外《そがい》が気負った調子ではなしていると、あきの姿をとおくからみつけた小さい子どもたちが、いっさんに走ってきた。

みつもいる。さともいる。

「おあきちゃん、お屋敷に行くことにきめてきたんじゃないの」

「あたいに算法をおしえるの、どうなるの」

「おれ、せっかく九九《くく》をおぼえかけたんだ。よそへ行っちゃいやだ」

「ええ。わたし、もうどこへも行かない。あんたたちといっしょに算法を勉強するわ。さあ、いっしょにかえりましょう」

あきは子どもたちにこたえてから、

「素《そ》外《がい》のおじさん、町の算法塾《さんぽうじゅく》のお師匠《ししょう》さん——これがわたしに、いちばんにあうでしょう」

と、晴ればれとわらった。

江戸《えど》だより

万作さん、おてがみありがとうございました。

ひさしぶりのおたよりを、なつかしく拝見しました。このまえおたよりをいただいたのは、あなたのおじいさんの伊之助《いのすけ》さんがなくなられたとき、寛政《かんせい》四年（一七九二年）ですから、あれからもう三年たちます。頼徸侯《よりゆきこう》がおなくなりになったのが、天明三年（一七八三年）、ほんとうに、月日のたつのは早いものですね。

でも、あなたの御家族《ごかぞく》も、さとさんたちもお元気の由《よし》、なによりです。

わたくしのほうも、おかげで父母も老いてますます元気ですし、わたくしも算法塾《さんぽうじゅく》でいそがしい日をおくっております。

あなたが村で開かれた算法塾も、たいそうさかんなごようすで、ほんとにうれしくおもっております。日本じゅうの子どもたちがみんな算法をしっかり身につけられるように、九九《くく》をしらない子がひとりでもいることのないように、おたがいに力をつくしてまいりましょう。

江戸のこのごろのようすなど、おしらせしましょうか。

いま、江戸の算法家の仲間では、大さわぎがおこっています。ふたりの有名な算法家が、おたがいの問題について、大論争をしています。ふたりの弟子《でし》やしりあいも、二派にわかれてのさわぎです。言い争いのもとは、大したことではないのです。おたがいの、小さな誤りをみつけあってのことなのです。でも、そのために本を出版したり、論文を発表されたりするので、世間の人もおもしろがって、算法とはこんなに人を熱中させるものかと、興味をもつ人もおおいので、わたしはよいことだとおもっております。

ところで、この争いをしているふたり、ひとりは関流《せきりゅう》の藤田《ふじた》貞資殿《さだすけどの》、相手のひとは、最上流《さいじょうりゅう》の会田《あいだ》安明《やすあき》というかたです。

藤田貞資殿は、あなたが江戸にいられたころ、わたしといろいろかかわりのあった人だから、よくごぞんじとおもいますが、会田さんなどという人は、聞いたこともない名だとお思いでしょう。ところがこの人、だれとお思いですか。そら、わたしがよくその話をしていた、奥州《おうしゅう》なまりのお直参、鈴木彦助殿《すずきひこすけどの》のことなのですよ。

鈴木殿はあれからの十年あまり、いっしょうけんめいに算法を研究されて、とうとうひとかどの算法家になられました。それで、養子にいかれるまえのみょうじ、会田を名のり、名も安明とあらためて、最上流という流派をはじめられたのです。

そして以前から、関流にたいしてよいお気もちをもっていられなかったせいか、関流の人びとの問題にすこしでもおかしいことがあると、ようしゃなくとりあげて追及されます。それで関流の人びとも、このごろはもう意地になっているようなところもありますが、おたがいの意見をしらべるのは、なかなかよい勉強になります。

けれども、本多利明《としあき》先生は、「ああいう争いはこまったものだ。この国の算法のためにならない。会田氏も、もっとひろい心にならなければ」といわれます。わたしも、たしかにそれはそうだとおもいます。

でも、会田殿は、やさしいかたでもあります。藤田殿は、たぶんわたしが会田殿と親しいのをお聞きになって、ついでにやっつけてやろうとおもわれたのでしょう。わたしがずっと以前に出版した、例の『算法少女』、あの本をたいそうきびしく批判した論文を発表されました。

「『算法少女』之評」というのです。

わたしとしては、もう昔の本であり、おっしゃることはいちいちもっともでしたので、だまっておりましたら、会田殿のほうで、それでは気のどくだといわれ、わたしのかわりに、答える文を書いてくださいました。

いまは大伝馬町にすんでいる父をたずねて、いろいろ話も聞かれ、父が円周率《えんしゅうりつ》をもとめる計算の公式で『拾璣算法《しゅうきさんぽう》』にものっている無限級数《むげんきゅうすう》をのせたのは、まったくの偶然《ぐうぜん》である、とかばってくださいました。

本多利明《としあき》先生は、このごろは算法家というより、西洋のあらゆることに通じた学者です。天文学、航海術、殖産《しょくさん》のしごと――でも、算法をしっかりまなぶことが、おおくの学問の基礎《きそ》になる、というかんがえは、固まる一方のようです。そして、算法家たちの心のせまさを心配していられます。このあいだも、

「人のためになることがらを、秘伝だなどといって公開しない算法家たちは、まったく

わたしもいつか
ぜひそちらに、
行ってみたいと
おもい
ます

なげかわしい」

と、のべておられました。

　十なん年もまえのわたしの本のことをあれこれいう藤田殿《ふじたどの》も、たしかに心のせまいひとりですね。

　そうそう、江戸ではいま、もうひとつ、おもしろいうわさが立っています。

　いま、写楽《しゃらく》という浮世絵師《うきよえし》の絵がとても評判になっています。芝居《しばい》の役者の絵なのですが、これまでのように、ただのきれいごとでなくて、役者の表情をずばりとえがいて、こわいぐらいその特徴《とくちょう》をつかんでいます。それで、かかれた人のなかには、いやがる人もありますが、それだけすぐれた絵なのだとおもいます。

ところが、この人、いったいほんとはだれなのか、だれもはっきりしたことはしらないのですよ。あの人だ、いやこの人にちがいない、とさまざまなうわさが立っているなかに、あなたもごぞんじの人の名がはいっています。だれでしょうか——ほら、あの俳人の、谷素外《そがい》さんなのです。

いつもたのしそうに、世のなかを愉快《ゆかい》にくらしているあのかたが写楽だなんて、おかしいようですが、わたしは案外そうかもしれないとおもっています。あなたが江戸にいられたころ、いろいろなできごとがありましたが、そんなとき、ふとかんがえこんでいる素外さんをしってますし、「殿さまなんて、案外不自由なものさ。町かたのわたしらは、いっしょうけんめいやろうとおもえば、いろいろなことができるもんだよ」とおっしゃっていたこともおぼえていますので。

でも、わたしたちは、算法を子どもたちにおしえ、じぶんでもそれでたのしむことができますから、しあわせですね。

そうそう、もうひとつ。例の、あなたのようすをさぐっていた有馬《ありま》家《け》御家中のお侍、吉田さんとかいった人、あの人にそっくりな人が、江戸の町はずれで、やはり算法の師《し》匠《しょう》になっているのを、おけいさんが見かけたそうです。でも、おけいさんは声はかけなかったそうです。

もう、塾の子どもたちが集まりはじめました。これで筆をおきます。御質問の算法の問題の答えは、別紙に書いておきました。

このてがみは、近くまた長崎《ながさき》へでかける兄にことづけます。兄はとちゅうでお寄りするそうですから。

わたしも、いつかぜひそちらへ行ってみたいと思います。

お元気で、みなさんによろしく。

寛政乙卯《きのとう》（七年）初夏

千葉あき

ちくま学芸文庫版あとがき

　このたび、私の作品『算法少女』が筑摩書房の「ちくま学芸文庫」に加えていただくことになりました。

　岩崎書店での最初の出版から三十余年、はじめて和算書の『算法少女』という本を知った時から数えると、七十年近い歳月が流れています。この本とのえにしの不思議さに深い感慨を覚えます。

　最初の出版の際の「はじめに」でも述べたように、私の作品は、安永四年（一七七五）江戸で出版された同じ題の和算——日本独自の数学——の本に想を得て書いたものです。

　和算書『算法少女』は、今日では国立国会図書館、東京大学などに数冊の存在が知られているだけの、かなり珍しい本ですが、わが国で明治維新前に女性の関わった唯一の数学の本として、和算を研究する人びとの間では広く知られています。しかし、一般の人びとには本の題自体ほとんどなじみがないと思います。

○

私がこの本のことを知ったのは、これも最初に書いたように、幼いときに聞いた父の話からです。

父は元来工業化学の技術者で、数学を専攻したわけではありませんが、幕末から明治初期の理化学書を収集し、仕事の余暇にひとりで調べるのを楽しみとしていました。それらの書物は戦中戦後の混乱でかなり多くが失われましたが、『舎密《せいみ》開宗《かいそう》』『気《き》海観瀾広《かいかんらんこう》義《ぎ》』などは今もそのまま残っています。

父はこれらの書物を調べる間に、和算についても知るところがあったのかと思います。あれは私が小学三年生の頃だったと思います。休日のひととき、父の机のそばで近ごろ読んだ本の話などしていたとき、科学者パスカルの少年時代の挿話に感心したことを話すと、「日本にも昔むずかしい算術(算数)の本を書いた女の子がいる」と、『算法少女』という書名をあげたのです。簡単に内容を話してくれただけでしたが、その本のことは幼い心に強い印象を残しました。

その後、社会は急速に戦時色が強まり、父も多忙になって、『算法少女』についてそれ以上聞くことはできませんでした。

○

成人して教師の道を選んだ私は、中学で国語を教えながら、自分がかつて読んで心を躍らせたような物語を、今の少年少女にも与えられたらと、作品を書き始めました。

昭和三十九年（一九六四）、三重県から東京の養護学校に移り、国会図書館が身近な存在になると、さっそく『算法少女』を閲覧に行きました。長い間心の奥でいつも気になっていた本の原本は、稀覯本《きこうほん》とあって私などは手もふれられず、貸し出されたのは復刻本でしたが、ともかく原本の雰囲気を知ることができました。

江戸の町医者の父と、娘の共著であるこの本は、父の文章の多くが楷書の漢文で、娘の文章は美しい和文を変体がな（今日用いられるひらがなとは違う字体）を多く交えた行書体で、木版印刷にしてありました。その場ではなかなか読みとれませんから、薄い紙を上にのせて透き写し、帰宅してから読み方を考えました。その頃は今日のようなコピー機は未発達だったのです。

読み進んでいくうちにいくつもの謎に行きあたりました。たとえば著者の問題です。あとがきを書いた、号一陽井、谷素外は今日でもよく知られる俳人ですが、著者である医師もその娘も本名を名乗らず、この『算法少女』と、三上義夫氏によって研究された本の中に出てくる以外は、歴史の上でどこにも姿を見せず、まったくその伝記がわかっていません。こうしたことがかえって私をひきつけました。

○

ちょうどこの頃、岩崎書店から少年少女歴史小説の依頼がありました。私の『算法少女』はまだ構想の段階でしたが、話をすると「おもしろそうだ」とすぐそれにきまりました。でも、それからがたいへんでした。読みなれぬ数学史の本を読みあさり、多くの方にお教えを乞い、その一方で主人公をはじめ登場人物のキャラクター作りやストーリー作りに何度も行きなやみ――数年後ようやく物語は完成しました。物語にこめた思いは、これも「はじめに」で述べたとおりです。

昭和四十八年（一九七三）、私の作品は箕田源二郎画伯の江戸の風俗を偲ばせる美しい装幀、さし絵に飾られて世に出ることができました。

私の『算法少女』の出発は幸福でした。

児童文学として名誉ある賞を受けただけでなく、数学の世界からも温かく迎えられたのです。数学教育の現場におられる中学高校の先生方が機会あるごとに紹介してくださり、多くの読者を得ることができました。さらに、数学史・和算関係の研究者の先生方から、励ましと御助言をいただいたのは望外の喜びでした。

○

そして出版から十年余りたちました。

『算法少女』は売れ行きが落ちたからと、増刷が打ち切りになりました。本も商品ですから致し方ありません。

けれども、しばらくして私は若い知人から電話を受けました。――都立戸山高校生の彼女の弟が、夏休みに『算法少女』の感想文を書く数学の課題が出たこと、先生から、書店には売っていないから学校図書館に複数備えてある本を順番に借りて読むようにいわれたこと、早く読みたいから私の手もとの本を貸してほしい、というものでした。

初めて知る話におどろき、三井二仁先生と数学担当の先生の名を聞き、さっそくお礼状を書きました。そこで、先生が以前からこの課題を出されておられ、手書きの解説書を作って生徒に配布されていることなどを知ったのです。

私はいそいで出版元にこのことを伝え、増刷を考えてほしいと頼みました。

「ええ、知っています」返事は冷静でした。

「三井先生がこれまでに増刷してほしいと幾度も来られましたから。他にも何人もの数学の先生から、同じような電話や手紙が届いています」――でも、その程度の需要では増刷は無理とのこと。「わかっている需要がそれだけあれば、実際はもっと多くの需要があるのでは」と、私もけんめいに食いさがりましたが、よい返事は得られませんでした。

それから何年もの間、同じようなやりとりがくり返され、私はいつかあきらめてしまいました。でも、数学関係の先生方は、ねばり強く、『算法少女』の増刷・復刊のために動いていてくださったのです。私には何もいわず。

○

『算法少女』が品切れになって十数年たちました。三井先生は両国高校に転任されてからも『算法少女』復刊に努めていてくださいました。

協力は、数学関係以外の方からもありました。法政大学のアン・ヘリング教授は児童文化が専攻ですが、私のため、明治末期に原本『算法少女』をその字体のまま毛筆で写した手書き本をさがし出してくださいました。

そして、これまでも復刊のため尽力されていた奈良東大寺学園の小寺裕先生が、新しい働きかけをしてくださいました。インターネットの「復刊ドットコム」への登録です。数学関係者の多くの協力で、よほどの票数が集まってから、やっと私は知りました。自分の本のことです、じっとしていられず、友人・知人に頼むと、交友の広い高校時代の級友、足立清子さんが昔の同級生に呼びかけてくださいました。若い日の級友の有難さ、これでまたかなりまとまった票がはいったようで、まもなく第一の関門百票を超えたそうです。でも、結局かんじんの出版元には復刊に踏み切ってもらえませんでした。もう『算法少女』は再び世には出ないだろう。でもこれほど皆様に心にかけていただけたのだから、満足しなければと思っていた平成十六年(二〇〇四)秋、お茶の水女子大学の真島秀行教授から連絡をいただきました。同女子大学と文京区が多くの文化団体と共催で開く「和算の贈り物」という催しに、和算書『算法少女』もテーマの一つにとりあげられる、それについて、私も創作『算法少女』の著者として、高名な数学者の方々にまじって講演の機会を与えられる、ということでした。

『算法少女』への数学関係の皆様の愛情に、しあわせな気持でいるところへ、一通の手紙が届きました。亀井哲治郎――私の作品の最初の出版のとき、作品完成の事情などの原稿依頼に来られた月刊誌「数学セミナー」の編集者。「数学セミナー」は学術的な専門誌ですから、私は感激して、お名前も覚えていたのです。でも亀井氏も私を覚えていてくださいました。歳月が流れ、今は亀井氏は数学書の出版をされていますが、真島教授から私の話を聞かれ、喜んでくださるお手紙だったのです。

そして、これを契機に亀井氏も『算法少女』の復刊のため尽力してくださいました。亀井氏も多くを語られませんが、氏の御尽力で、『算法少女』が筑摩書房の、それも専門性の高い「ちくま学芸文庫」に入れていただけると伺ったときは信じがたい思いでした。さらに同文庫の渡辺英明部長、岩瀬道雄氏のお話では、原版の通りさし絵も入れてとのこと。少年少女文学のこの作品を学芸文庫がそのままうけ入れてくださるのです。若い読者にはこの事実の重さがまだ理解できないかもしれませんが、私は目もくらむ思いがします。故人となられた箕田画伯もどんなに喜んでいられるでしょう。

私は改めてここに至るまで力を貸してくださった皆様に深い感謝を捧げます。

幼時に父と交わした何げない会話から始まった、和算との長い深いえにし。原書もまた父と娘の和算を通しての協力から生まれました。二組の父と娘の物語のふしぎさを、「はじめに」で述べた私の意図と共に、感じとっていただければ、何よりの喜びです。

二〇〇六年六月

遠藤寛子

本書は、一九七三年一〇月一〇日、岩崎書店より刊行されたものである。

数学のまなび方
彌永昌吉
「役に立つ」だけの数学から一歩前へ。教科書が教えない「数学する心」に触れるための、とっておきの勉強法を大数学者が紹介。（小谷元子）

ゆかいな理科年表
スレンドラ・ヴァーマ
安原和見訳
えっ、そうだったの！　数学や科学技術の大発見大発明大流行の瞬間をリプレイ。ときにニヤリ、ときになるほどとうならせる、愉快な読みきりコラム。

初学者のための整数論
アンドレ・ヴェイユ
片山孝次／田中茂／丹羽敏雄／長岡一昭訳
古くて新しい整数の世界。フェルマー、オイラー、ガウスら大数学者が発見・証明した整数論の基本事項を現代的アプローチで解説。

シュタイナー学校の数学読本
ベングト・ウリーン
丹羽敏雄／森章吾訳
中学・高校の数学がこうだったなら！　フィボナッチ数列、球面幾何など興味深い教材で展開する授業十二例。新しい角度からの数学再入門でもある。

算法少女
遠藤寛子
父から和算を学ぶ町娘あきは、算額に誤りを見つけ声を上げた。と、若侍が……。和算への誘いとして定評の少年少女向け歴史小説。箕田源二郎・絵

算数の先生
国元東九郎
7164は3で割り切れる。それを見分ける簡単な方法があるという。数の話に始まる物語ふうの小学校高学年むけの世評名高い算数学習書。（板倉聖宣）

ヨハネス・ケプラー
アーサー・ケストラー
小尾信彌／木村博訳
混沌と誤謬の中で生まれたケプラー革命とは？　占星術と近代天文学に生きた創造者の思考のゆれと強靭さを、ラディカルな科学哲学者が活写する。

ゲーテ形態学論集・植物篇
ゲーテ
木村直司編訳
花は葉のメタモルフォーゼ。根も茎もすべてが葉である。『色彩論』に続く待望の形態学論集。文庫版新訳オリジナル。図版多数。続刊『動物篇』。

ゲーテ形態学論集・動物篇
ゲーテ
木村直司編訳
多様性の原型。それは動物の骨格に潜在的に備わる「生きて発展する刻印されたフォルム」。ゲーテ思想が革新的に甦る。文庫版新訳オリジナル。

ゲーテ地質学論集・鉱物篇
ゲーテ 木村直司編訳
地球の生成と形成を探って岩山をよじ登り洞窟を降りる詩人。鉱物・地質学的な考察や紀行から、新たなゲーテ像が浮かび上がる。文庫オリジナル。

ゲーテ地質学論集・気象篇
ゲーテ 木村直司編訳
雲をつかむような変幻きわまりない気象現象を統べるものは？ 上昇を促す熱と下降を促す重力を透視する詩人科学者。ゲーテ自然科学論集、完結。

ゲーテ スイス紀行
ゲーテ 木村直司編訳
ライン河の泡立つ瀑布、万年雪をいただく峰々。スイス体験のもたらしたものとは？ ゲーテ自然科学の体験的背景をひもといた本邦初の編訳書。

新幾何学思想史
近藤洋逸
非ユークリッド幾何学の成立になぜ二千年もの時間を要したのか。幾何学の理論的展開に寄与した哲学的・社会的背景に迫る。（好並英司）

幾何学入門（上）
H・S・M・コクセター 銀林浩訳
著者は「現代のユークリッド」とも称される20世紀最大の幾何学者。古典幾何のあらゆる話題が詰まった、辞典級の充実度を誇る入門書。

幾何学入門（下）
H・S・M・コクセター 銀林浩訳
M・C・エッシャーやB・フラーを虜にした著者が見せる、美しいシンメトリーの世界。練習問題と充実した解答付きで独習用にも便利。

和算書「算法少女」を読む
小寺裕
娘あきが挑戦していた和算とは？ 歴史小説『算法少女』のもとになった和算書の全問をていねいに読み解く。（エッセイ 遠藤寛子、解説 土倉保）

解析序説
小林龍一／廣瀬健／佐藤總夫
自然や社会を解析するための、「活きた微積分」のセンスを磨く！ 差分・微分方程式までを丁寧にカバーした入門者向け学習書。（笠原晧司）

大数学者
小堀憲
決闘の凶弾に斃れたガロア、革命の動乱で失脚したコーシー……激動の十九世紀に活躍した数学者たちの、あまりに劇的な生涯。（加藤文元）

確率論の基礎概念　A・N・コルモゴロフ　坂本實訳

確率論の現代化に決定的な影響を与えた『確率論の基礎概念』に加え、有名な論文「確率論における解析的方法について」を併録。全篇新訳。

数学史入門　佐々木力

古代ギリシャやアラビアに発する微分積分学のダイナミックな形成過程を丹念に跡づけ、数学史の醍醐味をわかりやすく伝える書き下ろし入門書。

ガロワ正伝　佐々木力

最大の謎、決闘の理由がついに明かされる！　難解なガロワの数学思想をひもといた後世の数学者たちにも迫った、文庫版オリジナル書き下ろし。

ブラックホール　R・ルフィーニ　佐藤文隆

相対性理論から浮かび上がる宇宙の「穴」。星と時空の謎に挑んだ物理学者たちの奮闘の歴史と今日的課題に迫る。写真・図版多数。

数学をいかに使うか　志村五郎

「何でも厳密に」などとは考えてはいけない」――。世界的数学者が教える「使える」数学とは。文庫版オリジナル書き下ろし。

もりやはやし　四手井綱英

日本の風景「里山」を提唱した森林生態学者による滋味あふれるエッセイ。もりやはやしと共存した暮らしをさりげない筆致で綴る。（渡辺弘之）

通信の数学的理論　C・E・シャノン／W・ウィーバー　植松友彦訳

IT社会の根幹をなす情報理論はここから始まった。発展いちじるしい最先端の分野に、今なお根源的な洞察をもたらす古典的論文が新訳で復刊。

幾何物語　瀬山士郎

作図不能の証明に二千年もかかったとは！　柔らかな発想で大きく飛躍してきた歴史をたどりつつ、現代幾何学の不思議な世界を探る。図版多数。

新式算術講義　高木貞治

算術は現代でいう数論。数の自明を疑わない明治の読者にその基礎を当時の最新学説で説く。「解析概論」の著者若き日の意欲作。（高瀬正仁）

数学の自由性　高木貞治

大数学者が軽妙洒脱に学生たちに数学を語る！60年ぶりに復刊された人柄のにじむ幻の同名エッセイ集を含む文庫オリジナル。（高瀬正仁）

無限解析のはじまり　高瀬正仁

無限小や虚数の実在が疑われた時代、オイラーが見ていた数学世界とは？　関数・数論・複素解析を主題とするオリジナリティあふれる原典講読。

ガウスの数論　高瀬正仁

青年ガウスは目覚めとともに正十七角形の作図法を思いついた。初等幾何に露頭した数論の一端！　創造の世界の不思議に迫る原典講読第2弾。

量子論の発展史　高林武彦

世界の研究者と交流した著者による量子理論史。その物理的核心をみごとに射抜き、理論探求の醍醐味を生き生きと伝える。新組。（江沢洋）

一般相対性理論　P・A・M・ディラック　江沢洋訳

一般相対性理論の核心に最短距離で到達すべく、卓抜した数学的記述で簡明直截に書かれた天才ディラックによる入門書。詳細な解説を付す。

ディラック現代物理学講義　P・A・M・ディラック　岡村浩訳

永久に膨張し続ける宇宙像とは？　モノポールは実在するのか？　想像力と予言に満ちたディラック晩年の名講義が新訳で甦る。付録＝荒船次郎

カンタベリー・パズル　H・E・デュードニー　伴田良輔訳

『カンタベリー物語』の巡礼者たちが繰り広げるパズル合戦！　数学と論理を駆使した１１４題の〈超〉難問。あなたはいくつ解けますか？

物理の歴史　朝永振一郎編

湯川秀樹のノーベル賞受賞。その中間子論とは何なのだろう。日本の素粒子論を支えてきた第一線の学者たちによる平明な解説書。（江沢洋）

現代数学への道　中野茂男

抽象的・論理的な思考法はいかに生まれ、何を生む？　入門者の疑問やとまどいにも目を配りつつ、数学の基礎を軽妙にレクチャー。（一松信）

ニーダム・コレクション　ジョゼフ・ニーダム　牛山輝代編訳　山田慶兒ほか訳
中国科学史研究の大家ニーダムの思想を凝縮。天文学・工学・医学などのエピソードを手がかりに、洋の東西を超えた科学像を構想する。（山田慶兒）

不完全性定理　野﨑昭弘
事実・推論・証明……。理屈っぽいとケムたがられる話題を、なるほどと納得させながら、ユーモアたっぷりにひもといたゲーデルへの超入門書。

数学的センス　野﨑昭弘
美しい数学とは詩なのです。いまさら数学者にはなれないけれどそれを楽しめたら……。そんな期待に応えてくれる心やさしいエッセイ風数学再入門。

トポロジー　野口廣
現代数学に必須のトポロジー的な考え方とは？　集合・写像・関係・位相などの基礎から、ていねいに図説した定評ある入門者向け学習書。

トポロジーの世界　野口廣
ものごとを大づかみに捉える！　その極意を、数式に不慣れな読者との対話形式で、図を多用し平易・直感的に解き明かす入門書。（松本幸夫）

エキゾチックな球面　野口廣
7次元球面には相異なる28通りの微分構造が可能！　フィールズ賞受賞者を輩出したトポロジー最前線を臨場感ゆたかに解説。（竹内薫）

数学の楽しみ　テオニ・パパス　安原和見訳
ここにも数学があった！　石鹸の泡、くもの巣、雪片曲線、一筆書きパズル、魔方陣、DNAらせん……。イラストも楽しい数学入門１５０篇。

相対性理論（上）　W・パウリ　内山龍雄訳
相対論発表から5年。先行の研究論文を簡潔に引用批評しつつ、理論の全貌をバランスよく明解に解説したノーベル賞学者パウリ21歳の名論文。

相対性理論（下）　W・パウリ　内山龍雄訳
アインシュタインが絶賛し、物理学者内山龍雄をして、研究を措いてでも訳したかったと言わしめた、相対論三大名著の一冊。（細谷暁夫）

ちくま学芸文庫

算法少女《さんぽうしょうじょ》

二〇〇六年八月十日　第一刷発行
二〇一二年一月二十日　第十八刷発行

著者　遠藤寛子（えんどう・ひろこ）
発行者　熊沢敏之
発行所　株式会社　筑摩書房
東京都台東区蔵前二―五―三　〒一一一―八七五五
振替〇〇一六〇―八―四一二三

装幀者　安野光雅
印刷所　株式会社精興社
製本所　株式会社積信堂

乱丁・落丁本の場合は、左記宛に御送付下さい。
送料小社負担でお取り替えいたします。
ご注文・お問い合わせも左記へお願いします。
筑摩書房サービスセンター
埼玉県さいたま市北区櫛引町二―六〇四　〒三三一―八五〇七
電話番号　〇四八―六五一―〇〇五三

ISBN4-480-09013-4 C0141